TABLE DES CHAPITRES,

Et des principaux Actes énoncez dans cette Réponse.

RESPONSE AVX MOYENS

QVE LES CONSVLS ET HABITANS DE SAINT TIBERY,

& François Euldes, Fermier general du Domaine du Roy, que ces Habitans ont fait interuenir le 13. Septembre 1666. ont allegué au Conseil, par lesquels ils pretendent faire casser vn Arrest rendu contradictoirement au Parlement de Tolose entre feu Messire François Boyer Abbé de Saint Tibery, & Monsieur le Procureur General le 18. Aoust 1632. par lequel l'Abbé de S. Tibery a esté maintenu en la proprieté de la Seigneurie haute, moyenne & basse du lieu de Saint Tibery, qui fait la meilleure partie de la dotation de cette Abbaye, de laquelle ses predecesseurs auoient paisiblement joüy auant que Simon de Montfort (aux droicts duquel nos Rois ont succedé par la cession de 1223.) eût conquis le Languedoc, à la sollicitation de l'Eglise, pour purger cette Prouince de l'opinion des Albigeois, & pour la déliurer de la persecution qu'elle souffroit de leur part :

Dans laquelle on fait voir que les Habitans, apres auoir reconnu les Abbez de Saint Tibery pour leurs Seigneurs legitimes pendant plusieurs siecles, n'ont entrepris de les troubler, qu'en haine de la Religion Catholique, dans la chaleur des Guerres de la Religion, dont la pluspart d'eux faisoient profession; lors de la conspiration generale que les Huguenots firent au dernier siecle contre les Ecclesiastiques : Que lors qu'ils ont fait semblant de vouloir faire adjuger cette Seigneurie à nos Rois, suposant qu'elle leur appartenoit, & qu'elle auoit esté vsurpée sur leur Domaine, ils n'auoient d'autre dessein que d'en vsurper eux-mesmes la meilleure partie, & de faire perdre à leurs veritables Seigneurs les cens, rentes, & redeuances ordinaires, qu'ils leurs auoient tousjours payées; & que ces Habitans rebelles, ayant volé à Dieu & à son Eglise des biens qui leurs estoient consacrez, se sont efforcez en apparence depuis 1555. pour authoriser leur sacrilege, d'en faire part à nos Rois; voulans que des Princes tres-Chrestiens, qui ont merité ce titre pardessus tous les autres, pour auoir employé leurs forces, pour la conseruation de ses droicts, les aident à dépoüiller vne Eglise d'vn bien qui a esté destiné pour son entretien. Ce qui attirera sans doute sur ces Vassaux perfides la condamnation que merite vne entreprise si sacrilege.

L'on fait voir aussi que ces Habitans ayant sans aucun fondement, & contre la disposition des actes, dont ils se seruent, priué cette Eglise & les Pauures, depuis vn siecle, d'vn reuenu considerable, qu'ils ont vsurpé, ou qu'ils ont fait saisir sous la caution de leurs Consuls,

A

qui se sont sousmis expressément de restituer les choses saisies à qui elles seront adjugées, c'est à dire à celuy auquel la Seigneurie sera adjugée. Il ne suffit pas de confirmer l'Arrest du Parlement de To-lose, qui adjuge la Seigneurie à l'Abbé ; mais encore il faut pro-noncer necessairement sur la main-leuée requise par Messire Mau-rice Bruslet Abbé de Saint Tibery , & sur la restitution des fruits, comme il auoit esté fait par l'Arrest du Conseil du 11. Aoust 1666. parce que auant cet Arrest il n'auoit iamais esté prononcé sur cette saisie qui auoit esté inconnuë aux derniers Abbez, & sur l'vsurpa-tion des droicts seigneuriaux, que les Habitans détiennent injuste-ment, & qu'il est certain qu'on ne peut pas (sans se rendre com-plice du vol) priuer l'Eglise de Saint Tibery des fruits écheus de-puis la saisie iusques à la mise de possession de M.Bruslet ; non plus qu'on ne peut pas priuer le Sieur Bruslet des fruits écheus depuis sa mise de possession.

Recit veritable tiré des pieces produites au procés, contenant ce qui s'est passé de plus considerable entre les Abbez & les Consuls & Habitans de Saint Tibery, deuant & aprés les transactions de 1273. & 1315. iusques à present, sur le fait de la Seigneurie & Iustice haute, moyenne & basse du lieu.

 I l'entreprise, que font tous les iours les Communautez, ou les particuliers , pour faire reünir au Domaine de la Couronne les biens ou droits qui ont esté vsurpez, doit estre fauorisée de tous les bons Iuges, quand elle a pour principe vn iuste dessein de faire restituer à son Prince vn bien qui luy est detenu injustement, puis que les Ordonnances proposent des recompenses à ceux qui dé-couurent les vsurpateurs de ce sacré patrimoine de nos Rois (la dissipation qui en a esté faite estant la principale cause des impositions extraordinaires qui ont esté faites sur le peuple.) L'on doit aussi regarder auec horreur ceux, qui dans la pensée de profiter de la dépoüille de leurs Seigneurs legitimes, appellent à leur secours le Souuerain , pour faire seruir sa puissance à autoriser leur brigandage, afin de le rendre complice de leur crime.

C'est ce qui excitera l'indignation du Conseil contre les Habitans de saint Ti-bery, quand il verra qu'apres auoir reconnu les Abbez du lieu pour leurs Sei-gneurs legitimes durant plusieurs siecles , auant & apres la conqueste du Langue-doc , ils ont fait saisir l'entiere Seigneurie, & tous les reuenus qui en dépendent pour en priuer l'Eglise, & que, pour reüssir dans leur dessein, ils ont suposé que les Abbez auoient vsurpé la Seigneurie sur le Domaine de nos Rois (quoy qu'ils en fussent proprietaires, long temps auparauant que nos Rois eussent des Domai-nes en Languedoc,) la pluspart desquels ils n'ont eu que par le moyen de l'E-glise qui les porta d'entreprendre la ruine des Albigeois, dont la dépoüille fait aujourd'huy la principale partie du Domaine que la Couronne possede en Lan-guedoc, qui luy a mesmes esté procuré par l'Eglise.

Et il est surprenant de voir en cette cause que l'on s'efforce de faire perdre à vne Abbaye son ancien patrimoine , pour la conseruation duquel les Ancestres du Roy ont armé la France contre des Princes puissants qui persecutoient les Eglises du Languedoc pour les dépoüiller de leur bien.

Le Conseil sera encore surpris, de voir que ces Habitans, qui ont esté capables de manquer de foy à leur Seigneur , sont assez hardis de pretendre que le Roy, qui eſt Seigneur dominant de ſaint Tibery en vertu d'vne tranſaction de 1273. par laquelle vn Abbé rendit ſa Terre (qu'il poſſedoit allodiallement) tributaire de la Couronne, l'ayant chargée d'vne redeuance annuelle d'vn autour, violera la foy & la protection qu'il doit à ſon Vaſſal, en luy faiſant perdre vn bien qu'il eſt obligé de luy conſeruer, non ſeulement comme ſon ſouuerain, mais encore en qualité de Seigneur dominant.

C'eſt ce que les Habitans de ſaint Tibery ont tâché de faire depuis 1555. dont neantmoins ils ne viendront iamais à bout ; nos Rois depuis qu'ils ſont Chreſtiens, n'ayant pas moins de zele pour conſeruer à l'Egliſe le bien qui lui a eſté conſacré, que l'vn a d'eux en auoit lors qu'eſtant encore Payen , il tua de ſa main vn Soldat, parce qu'il n'auoit pas voulu rendre vn vaſe qui auoit eſté pris à l'Egliſe de Reims. Le Roy aura meſme de l'indignation contre ces Habitans, quand il verra, qu'ils ont fait ſeruir ſon nom & ſon autorité pour perſecuter vne Egliſe, & pour la priuer du reuenu de ſon bien pendant plus d'vn ſiecle, par vne ſaiſie, qui ſera declarée injurieuſe auec reſtitution de fruits, dépens, dommages & intereſts contre les Conſuls & Habitans qui l'ont fait faire , & qui la ſouſtiennent encore par des fauſſetez & des ſupoſitions ſi groſ-fieres , que pour les conuaincre de mauuaiſe foy on n'employera que les meſ-mes actes qu'ils ont alleguez pour donner lieu à la ſaiſie.

Les Abbez de ſaint Tibery eſtoient en poſſeſſion *b* paiſible de la Iuſtice haute, moyenne, & baſſe, du lieu de ſainct Tibery , & de tous les droicts & de-uoirs ſeigneuriaux , enſemble de la Terre de Nadaillan depuis la dottation de leur Abbaye , qui eſt des plus anciennes du Royaume , iuſques à ce que les Officiers du Roy en la Seneſchauſſée de Carcaſſonne & Beziers, pour eſten-dre les bornes de leur Iuriſdiction, s'auiſerent au treizieſme ſiecle, de ſouſtenir que la haute Iuſtice, dont Guillaume, qui eſtoit pour lors Abbé, iouyſſoit, auoit eſté engagée par Raymond Trincauel Vicomte de Beziers, à Raymond Abbé de ſainct Tibery ; & que le Vicomte auoit vne Albergue annuelle ſur le Monaſtere ; de ſorte que le Roy ayant ſuccedé à ce Vicomte par la ceſſion d'Amaury de Montfort de 1223. auoit droict de rachepter la haute Iuſtice, qui n'eſtoit poſſedée, diſoient-ils, par l'Abbé de ſainct Tibery, que par enga-gement.

L'Abbé ſouſtenoit au contraire, que la haute Iuſtice luy appartenoit, & qu'il l'a poſſedoit allodiallement *c* ſans eſtre obligé à aucune redeuance.
La cauſe ayant eſté agitée deuant diuers Iuges ; apres des enqueſtes faites reſ-pectiuement par les Officiers du Roy, & par l'Abbé en 1272. & 1273. ayant eſté iuſtifié que les Abbez eſtoient en poſſeſſion de la Iuſtice haute, moyenne, & baſſe de ſainct Tibery, auant que Simon de Montfort euſt conquis les Vi-comtez de Carcaſſonne & de Beziers ; que Trincauel n'auoit à ſainct Tibery, que la Leude mage, ou de trauerſe, de laquelle les Abbez iouyſſoient durant les trois feſtes de ſainct Tibery, (la petite Leude leur appartenant, comme Seigneurs du lieu ;) que les Abbez auoient droict de ban vin ; qu'ils creoient les Nottaires en qualité de Seigneurs ; que les criées & proclamations ſe faiſoient en leur nom ; que Simon de Montfort apres ſa conqueſte iouïſſoit de la grande Leude, qui ſe leuoit ſur le pont de ſainct Tibery, laquelle eſtoit poſſedée par le Roy depuis la ceſſion de 1223. parce qu'elle faiſoit partie des conqueſtes & des acquiſitions de Simon de Montfort ; Raymond Trincauel qui en iouïſſoit & de pluſieurs autres en ayant fait don à ce conquerant en 1211. *d* & en fin les Officiers du Roy, ne peurent pas iuſtifier ce qu'ils auoient auancé, que la haute Iuſtice auoit eſté engagée par Trincauel à vn Abbé de ſainct Tibery, auquel cas, le Roy auroit eu droict de la retirer des mains de l'Abbé, parce que la faculté de rachapt auroit eſté transferée à Louys VIII. & ſeroit deuenuë impreſcriptible par la ceſſion des conqueſtes du Languedoc de 1223. par laquelle tous les biens & droicts conquis, dont Amaury de Mont-fort iouïſſoit, furent vnis à la Couronne de France. Outre que s'il euſt eſté

a Clouis,
*v. Amoi. de
geſtis Franc.
l. 1. c. 12.*

*b La poſſeſſion
de ces ſeigneu-
ries eſt prou-
uée par des in-
ueſtitures faites
à des particu-
liers habitans
acquereurs des
heritages rele-
uans de la mou-
uance des Ab-
bez en 1126.
1118. 1148. &
& & par
vne ſentence de
1251. enſemble
par vn homma-
ge de 1270.
Vide cotte A,
de la 2. produ-
ction de M.
l'Abbé, ou ſont tous les dits*

*c Vide la tran-
ſaction de 1273.
produite , ibid.*

*d Donecy con-
cedo quidquid
habeo in Vice-
comitatu Biter-
renſi & in leu-
dis & in pedda-
giis.*

Ce ſont les
termes de la
donation de
Trincauel qui
marquent en
quelque façon
qu'il poſſedoit
des leudes &
des peages en
ſainct Tibery, puis
qu'il en fait
mention ſepa-
rement.

veritable, que les Abbez n'auoient ioüy la haute iustice de sainct Tibery, que par engagement, ils n'auroient iamais pû en deuenir proprietaires, les saisissants, les engagistes & autres possesseurs de cette qualité ne pouuant point, par quelque laps de temps que ce soit (*etiam per mille annos*), changer la cause de leur possession, ny acquerir la proprieté des choses saisies, ou engagées.

Estant donc iustifié par cette enqueste que Trincauel, & apres luy, les Comtes de Montfort n'auoient à sainct Tibery que la leude mage, qu'ils possedoient apparemment comme souuerains, de laquelle les Abbez ioüissoient pendant les trois Festes du Patron du lieu ; & les Officiers du Roy n'ayant pû faire voir que sa Majesté eust aucun autre droict sur la seigneurie du lieu, ni que les Abbez fussent tenus de lui payer aucune albergue pour cette Terre qu'ils possedoient allodialement ; ne faisant de redeuance, que pour celle de

a Il est pro-
duit sous la
cotte A de la
2. produ&ct;iõ
de M. l'Abbé Nadaillan. Comme il se voit par vn hommage de 1270. *a* Il est certain que l'Abbé deuoit estre deschargé de toutes les pretentions des Officiers du Roy; neantmoins l'Abbaye estant possedée en 1273. par Bermond, qui estoit d'vne maison illustre qui auoit esté fort protegée par S. Louys, il n'eust pas beaucoup de peine de soûmettre la Seigneurie de saint Tibery (dont ses predecesseurs auoient ioüy franchement & allodialement) à vne redeuance annuelle d'vn autour éualué à 50. s. & de declarer, par vne transaction qu'il fist auec le Senefchal de Carcassonne & de Beziers en 1273. que luy & ses successeurs la tiendroient doresnauant, comme vn fief releuant du Roy de France.

Le Senefchal reserua auRoy la proprieté de la leude mage ou péage du Pont, dont il ioüissoit comme successeur des Comtes de Montfort, & la part de la petite leude, pour estre leuée en son nom, le jour du marché qui se tenoit le Samedi, & l'albergue de dix Cheualiers pour la terre de Nadaillan.

b 2. Produ-
&ction de M.
l'Abbé. cotté
A. Cette transaction fut confirmée *b* par Philippe III. au mois de Decembre de la mesme année 1273. comme estant tres-auantageuse à sa Majesté, qui auoit soûmis vne Seigneurie, possedée en franc-alleu, à vne redeuance annuelle, & qu'il en auoit fait vn fief ordinaire releuant de son Vicomté de Beziers. Ce qui n'estoit pas peu considerable en ce siecle. Aussi depuis ce temps, les Officiers du Roy, qui ont fait toûsiours tout ce qu'ils ont peu, pour estendre leur pouuoir, & pour ruïner les Seigneuries des particuliers, n'ont iamais troublé les Abbez de Sainct Tibery en la possession de la Iustice.

En 1315. le Roy ayant enuoyé Hugues Morel Prieur de Nostre-Dame de Montfaucon du Diocese de Perigueux, en Languedoc, pour la recherche des droicts vsurpez sur le Domaine ; l'Abbé de Sainct Tibery, qui estoit en possession, comme plusieurs autres Seigneurs du Royaume, de connoistre des appellations des Sentences, qui se rendoient par ses Officiers, ou par les consuls & Prudhommes, fust troublé dãs cet vsage qui estoit presque commun à tous les Barons, Grands chastelains & autres Seigneurs considerables, & qui n'a esté entierement aboly, que par l'Ordonnance de Roussillon faite sous Charles IX. à cause des inconueniens remarquez par du Moulin sur la Coustume de Paris, fust recherché, non pas, (comme les habitans de sainct Tiberi l'ont depuis supposé) pour raison de la seigneurie haute, moyenne & basse, mais seulemanr à cause du droict des premieres appellations ; parce qu'il estoit en possession de connoistre par appel des Sentences rendües par ses propres Officiers. Ce qui estoit ordinaire à tous les Seigneurs immediats ; comme il se voit

c 2. Produ-
&ction de M.
l'Abbé. cotté
A. dans la deffense de l'Abbé rapportée dans l'acte, ou procez verbal du Commissaire, en ces termes. *Coram nobis c proponere curauistis* (c'est le Commissaire qui parle à l'Abbé) *quod cognitio & decisio primarum appellationum, quæ fiebant à sententiis per consules & probos homines sancti Tiberij coniunctim vel separatim super criminibus promulgatis, pertinebant ad vos abbatem, & Monasterium vestrum,* DE IVRE COMMVNI. CVM SITIS IMMEDIATVS DOMINVS, *& superior consulum, & proborum hominum eorumdem,* ET SVPER EOS IN PVRGO PRÆDICTO ET EIVS DISTRICTV IVRISDICTIONEM ORDINARIAM ET MERVM, ET MIXTVM IMPERIVM

IMPERIVM HABEATIS ; & quod eratis in saisina & possessione de talibus vel quasi, appellationibus cognoscendi ; Asseruistis etiam, quod cognitio & decisio primarum appellationum quæ à quibuscumque officialibus vestris & ministris fiebant, ex antiquo vsu & observantia vel consuetudine, ad vos & ad vestrum Monasterium pertinebant: & quod idem Monasterium, vos & Abbates qui ante vos inibi præfuerunt, eratis in antiqua & notoria saisina & possessione, seu quasi iudices hujusmodi appellationum habendi, & per ipsos cognoscendi de illis & eas etiam terminandi.

L'Abbé se voyant ainsi troublé dans la possession de connoistre des premieres appellations, dont ses predecesseurs & lui avoient jouy, pour achepter son repos & celui de son Monastere, a donné sept cens liures au Roy, moyennant laquelle somme le Commissaire le confirma dans son droict de connoistre des premieres appellations, & concedimus vobis Abbati, dit il, vt tam vos, quàm successores vestri, iudicem, seu iudices deputare positis, super primis appellationibus.

Ce seul acte suffiroit, pour faire voir que les Abbez de saint Tibery estoient Seigneurs du lieu, parce qu'il n'y auroit que les Seigneurs qui auoient des Iustices considerables, qui connoissoient par appel des jugemens rendus par leurs Officiers.

Mais ce qui fut fait depuis cette transaction entre le mesme Abbé & le Commissaire du Roy, marque encore euidemment que la Seigneurie appartenoit aux Abbez, puis que, pour faire chastier plus promptement quelques habitans chargez de crimes *b* enormes, qui abusoient de la douceur de ses Iuges; il fut contraint d'associer le Roy pour cinq ans dans l'exercice de la Iustice criminelle. Ad inquirendum, cognoscendum, puniendum & definiendum, de omnibus criminibus commissis, & delictis quorumcumque subditorum ipsius domini Abbatis.

Ce pareage fut fait à condition, primò, que les frais se feroient moitié aux dépens du Roy, & l'autre de l'Abbé.

Secundò, Qu'en cas de confiscation des biens immeubles, qui pourroient échoir au Roy, il seroit tenu dans l'an d'en vuider ses mains, & de donner vn Vassal, ou vn Emphiteote capable de payer les redeuances deuës à l'Abbé.

Tertiò, Que le Roy ne pourroit point establir dans le lieu de saint Tibery aucun Iuge, ou autre Officier de justice, sous pretexte des choses qu'il pourroit acquerir pendant que dureroit le pareage, quòd ipse dominus Rex, bajulum vel alium ministrum quocumque nomine censeatur non ponet nec tenebit in loco de sancte Tiberio, vel eius pertinentiis, occasione quarumcumque rerum vel bonorum quæ ad ipsum peruenerint, ex causa vel ratione prædictis, nisi aliter de iure vel consuetudine morari consueuerint, in dicto loco S. Tiberij.

Cette condition, qui paroist extraordinaire, est neantmoins conforme aux anciennes Ordonnances & à la jurisprudence des Arrests du Parlement de Paris, qui maintiennent les Seigneurs hauts Iusticiers au droict d'empescher les Sergents Royaux d'habiter aux *c* Terres & pays de leur ressort, ou bien de les contraindre d'en déloger, dit Chopin, horsmis ceux qui sont naïs du lieu mesme, ou qui sont mariez au dedans du ressort de la Iurisdiction; car ceux qui sont de cette qualité ne sont pas contraints de changer de demeure.

Le droict des Seigneurs, estoit si fort fauorisé par les anciennes Ordonnances, que quand le Procureur General vouloit alleguer que les Officiers du Roy estoiët en possession de demeurer dans les Terres des Seigneurs, il n'estoit point écouté; sa proposition estoit d'abord rejettée comme contraire à la disposition des Ordonnances : ce qui se void dans vn Arrest *d* celebre du Parlement de Paris du 13. May 1334. rendu dix-neuf ans ou environ après le pareage de l'Abbé de saint Tibery, entre le Comté de Neuers & quelques Sergents Royaux qui s'estoient establis dans le bourg de saint Estienne de Neuers, par lequel il fut iugé quod non obstante saisina per procuratorem nostrum (regis scilicet) proposita (ad quam proponendam contra ordinationes dicta curia ipsum non admisit) dicti seruientes in dicto burgo remanere vel domicilium facere non poterunt, nisi iuxta prædictas ordinationes ibidem

a Vos Abbas, dit le Commissaire, ibidem, asserentes quod licet de iure vestro, & vestri Monasterii supradicti plene confideatis, vt tamen litium vitaretis amfractus, laboribus parcretis & expensis, ac quieti possetis vestri Monasterii prouidere dixistis vos velle componere, &c.

b Idem dominus Abbas asseruit ad eius notitiam nouiter peruenisse, quod quidam habitatores morati loci, seu burgi de sancto Tiberio, multa grauia & enormia delicta commiserant, & quæ fiunt per officiales & gentes domini nostri Regis sic debite & mature aguntur, &c.

Vide l'acte d'association dans la production nouuelle 7 Iuillet 1667, ou imprimé page 47.48.

c L. 2. du Domaine, tit. 7. n. 3. p. 215. d Raporté par Chopin, ibidem.

B

fuerint oriundi, vel matrimonium contraxerint ibidem.

Quartò, Il fut aussi arresté par le mesme pareage, que les executions des peines corporelles se feroient par les Officiers de l'Abbé *seulement, per curias & gentes tantum ipsius Abbatis.*

Quintò, L'Abbé declara, qu'il n'entendoit point comprendre dans le pareage que la connoissance des crimes, *& associationem & compositionem supradittas clare & nominatim dixit se velle fieri super criminibus & delittis, quorum cognitio spettat & pertinet ad ipsum Abbatem.*

Sextò, Que le pareage ou societé ne dureroit que cinq ans, apres lesquels, le jugement des causes criminelles commencées, retourneroit à l'Abbé : *Idem dominus Abbas dixit & expresse retinuit, quod vigore associationis prædittæ, officiales & ministri communes qui ad præmissa deputabuntur, ultra quinque annos nullam penitus quo ad inquisitiones vel causas, aut negotia non incepta habeant potestatem, sed eorum iurisdittio & associatio finiant penitus & expirent; & quod inquisitionum, causarum, & litium inceptarum, sed non decisarum infra quinque annos supradittos decisio & definitio plene reuertatur ad Abbatem prædittum.*

Septimò, Que ce pareage ne pourroit pas prejudicier à l'Abbé, à l'égard des choses qui n'y estoiét point exprimées: c'est à dire que les Officiers du Roy ne prédroient connoissance que des matieres portées dans le pareage ; & mesme, pour les empescher de faire des entreprises sur la jurisdiction, il imposa cette loy, que le juge, & autres Officiers qui seroiét preposez par le Roy, ne pourroient pas habiter ordinairement à saint Tibery ; *dixit & expresse retinuit idem Abbas, quod propter associationem hujusmodi in nullo præindicetur ipsi Abbati vel Monasterio, quo ad illa quæ non sunt in associatione ipsa expressa; quodque propter hoc, nullus Officialis regius debeat in sancto Tiberio continuo residere.*

La transaction & le pareage fait auec le Commissaire du Roy, furent confirmez par des Lettres patentes de 1316. dans lesquels ces deux actes sont inserez.

L'on a esté obligé de raporter vn peu au long les principales clauses de ces transactions de 1273. & de 1315. parce que les Habitans, & Euldes Fermier du Domaine, apres eux, fondent leurs pretentions sur ces actes, dans lesquels ils soustiennent que le Conseil trouuera establi le droict du Roy pour la proprieté de la Seigneurie de saint Tibery contre les Abbez ; au lieu que ces actes font voir euidemment le contraire, & seruent pour conuaincre de malice, ou d'ignorance, ceux qui ont entrepris de troubler les Abbez dans la possession de cette Seigneurie, pretendans que par cette dernere transaction elle leur auoit esté engagée moyennant sept cens liures : ce qui est vne suposition, qui est détruite par l'acte mesme de 1315. qui fait voir que les Abbez estoient veriblement Seigneurs de saint Tibery.

Les Officiers de Carcassonne & de Beziers, auoient fait vne pareille suposition auant la premiere transaction de 1273. lors qu'ils soustenoient, que Raymond Trincauel auoit aussi engagé la mesme Seigneurie à vn Abbé de saint Tibery: ce qu'il ne peurent montrer, au contraire il fut verifié que la Seigneurie appartenoit aux Abbez, & que Trincauel ne possedoit que le peage qui se leuoit sur le pont de saint Tibery.

Aussi depuis 1273. les Abbez auoient tousjours iouy paisiblement de la seigneurie de saint Tiberi, & de tous les droicts qui en dependent ; leurs juges exerçoient librement la justice : s'il y auoit vne confiscation de biens adjugez, c'estoit à leur profit, comme il paroist par celle qui fut prononcée contre vn nommé Raimond Hugon à la requeste du Procureur jurisdictionnel, des biens duquel l'Abbé fut mis en possession le troisiéme Iuin *a* 1324. ce qui arriua *4*. ans apres que le temps du pareage fait auec le Roy en 1315. fut expiré : ce qui marque, qu'il fut executé de bonne foy, & que toute la jurisdiction criminelle retourna à l'Abbé, comme il auoit esté stipulé dans l'acte du pareage.

a Vide 2. production de M. l'Abbé, cotte A.

Les Consuls du lieu ne doutoient pas que l'Abbé ne fust seigneur, quand, ayant esté outragez, & traitez de larrons par vn nommé Guillaume Oliueras, ils pour-

fuiuirent eux-mefmes la reparation de cette injure deuant le Iuge de l'Abbé, qui
le condemna à leur faire amende honorable par fentence du 5. Iuin *a* 1548. Et
quand ils lui prefentoient des *b* Reqneftes par lefquelles ils le prioient de choifir
trois Confuls, de fix perfonnes qu'ils lui nommoient, entre lefquels, il y auoit des
Torches, les enfans defquels font deuenus les perfecuteurs des Abbez.

Ils ne tenoient pas non plus le langage qu'on leur fait tenir aujourd'huy, quand
ils preftoient le *c* ferment de fidelité entre les mains des Abbez ou de leurs
Grands Vicaires : Et lors qu'on faifoit au nom des Abbez les *d* criées publiques
de tout ce qui fe leuoit pour eux dans fainct Tibery, ce que l'on appelle *petit leude*.
& lors qu'ils fe joignoient auec l'Abbé contre le Treforier du Domaine, qui pre-
tendoit l'obliger en qualité de Seigneur haut, moyen & bas, de contribuer à la reparation du *e* Pont.

Les habitans ne defauouoient pas non plus les Abbez pour leurs Seigneurs,
quand *f* ils leurs payoient les cens, rentes, & autres droicts Seigneuriaux, & qu'ils
leur faifoient volontairement les reconnoiffances ordinaires , que les amphi-
teotes font à leurs Seigneurs, comme quelques-vns d'eux firent en 1510. 1513.
& 1545.

Ils auroient fans doute toufiours eu le mefme fentiment, & feroient demeurez
fidelles enuers leurs Seigneurs, s'ils auoient tous perfeueré dans la creance de
leurs peres : mais la plûpart d'eux, & fur tout les plus confiderables, ayans changé de Religion au dernier fiecle, & pris vn party qui faifoit confifter fa plus grande gloire dans la demolition des Eglifes, & dans le pillage des Ecclefiaftiques,
apres auoir defpouillé l'Abbé, du four banal, des herbages, du courtage, des foffes
du lieu, dont ils iouiffent encore prefentement fans aucun titre legitime, auffi bien
que de la chaffe, & de la pefche, qui ne peuuent point appartenir qu'aux Seigneurs, parce qu'ils font partie de la Seigneurie ; pour n'eftre pas recherchez,
pour les droicts importans qu'ils ont vfurpez fur leurs Seigneurs ; ils refolurent,
pouffez par leurs interefts, & par la haine generalle qu'on auoit dans la chaleur
des guerres de la Religion, contre les Ecclefiaftiques, de donner de l'exercice à
leurs Abbez & Seigneurs ; & pour cet effet, de leur faire vn procez pour raifon
de la proprieté de la Seigneurie de fainct Tibery.

Il eft difficile de conceuoir, qu'apres que les Confuls & Habitans de fainct
Tibery, auoient eux-mefmes, pendant tant de fiecles, reconu leurs Abbez pour
leurs Seigneurs legitimes, ayant toufiours vefcu parmy les iuges, & les autres Officiers ordinaires des Abbez, leurs ayans payé les lots & ventes, & autres rentes
Seigneurialles, leurs ayans toufiours defferé le choix des Confuls, ayant fait tant
de pourfuites *g* dans leur Iuftice, n'ignorant pas que les Abbez auoient payé
au Roy, l'albergue portée par la tranfaction de 1273. & qu'ils luy auoient fait les
hommages, *h* & denombremens, deubs à caufe de cette Seigneurie depuis la
tranfaction,& fur tout fçachant que la barque de fainct Tibery ayant efté faifie à
l'Abbé, il en eut la main leuée par vne fentence *i* contradictoire du Senefchal
de Carcaffonne du 3. Auril 1511. qui fut confirmée par *k* Arreft du Parlement de
Tholofe du 29. Iuillet 1536. & par vn autre du Grand Confeil *l* du 11. Feurier
1546. ils euffent efté affez hardis de fouftenir, que les Abbez n'eftoient point
Seigneurs de fainct Tibery, & que pour le perfuader, ils euffent efté capables de
fuppofer que la Seigneurie auoit efté vfurpée fur le domaine du Roy ; puis qu'ils
fçauoient qu'elle appartenoit aux Abbez, auant que nos Roys euffent des Domaines en Languedoc, comme il paroift par les *m* inueftitures données par
les Abbez en qualité de Seigneurs) à des habitans de fainct Tibery en 1126. 1138. &
1146. & par vne vente *n* faite à vn Abbé en 1204. d'vn petit Domaine, qu'vn
nommé Barnier de Magalas tenoit de lui vn fief, *faitmut* (dit-il) parlant à l'Abbé
dans l'acte de vente, *quod prædictum feftaralarium tenebamus à vobis in feudum.*

C'eft neantmoins ce qui arriua en 1555. lors que les Confuls & habitans de
fainct Tiberi prefenterent vne Requefte au Confeil, dans laquelle ils expoferent
entr'autres chofes. Primo, Qu'auant le regne de Philippe IV. la Iurifdiction

a Vide la 2.
production de
M. l'Abbé
cotte A.
b Ibid. 1551. 52.
53. & 1555.
c Ibid. vid.
L'acte 1331.
d Ibid. vid. Le
leuoir 1503.
e Ibid. La pro-
cedure de Vi-
guier Iuge de
Beziers 1507.
f Vide le cah.
des reconnoif-
fances Produi-
tes le 7 Iuin 1667
par l'Abbé.
Vide le leuoir
des vfages de
1545. Ibid.
g Vide la 2. pr.
de M. l'Abbé
cotte A.
Information
faite le fiege
vacãt 1544. &
Ibid. 1548.
Vide les qui-
tances depuis
1330. iufqu'en
1421. les ex-
traits de com-
ptes de 1494.
95. 96. & 1397.
Ibid. Vide
Les quittances
depuis 1616.
iufqu'en 1616.
1651. 52. 53. &
1654.
Vide dans la
production
nouuelle de
1667. Les extraits
plus de com-
ptes de 1551.
58. 65. 91. &
1603.
b Vide les
hômagé & de-
nombremens
de 1404. 1429
& 1511. dans
la 2. produc-
tion de
l'Abbé. *cotté A.*
i Ibid. 1. Vid. la
fentence 1511.
Ibid.
k Ibid. ...
l Ibid. ...
m Ibid. ...
n Ibidem, ...

haute, moyenne, & baſſe du lieu, ſes appartenances, & tous droicts Seigneuriaux, appartenoient à la Couronne de France. Par où ils ſe declaroient eux-meſmes (ſans y panſer) des vſurpateurs, puis qu'ils vſurpoient en meſme temps, le four bannal, les herbages, le courtage, & beaucoup d'autres droicts Seigneuriaux, qu'ils detiennent injuſtement, & qu'ils n'ont pas compris dans la ſaiſie qu'ils ont fait faire en 1557.

Secundò, Que ſous Louys Hutin le Commiſſaire, qui fut enuoyé ſur les lieux, trouua que les Abbez, & le Monaſtere de ſainct Tibery auoient vſurpé pluſieurs droicts & deuoirs Seigneuriaux, appartenans au Domaine. En quoy ils impu-toient aux Abbez, vn crime imaginaire, eux, qui eſtoient veritablement coupa-bles d'vne iniuſte detention des droicts appartenans à l'Abbaye.

Tertiò, Que le Commiſſaire n'auoit aucun pouuoir de traiter auec l'Abbé, ce qu'il fit, neantmoins (diſoient-ils) lors qu'il l'aſſocia, & mit en pareage auec le Roy. Au lieu qu'il ſe voit par l'acte, que ce fut l'Abbé, qui appella le Roy en pa-reage.

Quartò, Que par ce pareage, l'on auoit oſté aux predeceſſeurs du Roy tous les deuoirs & droicts Seigneuriaux, enſemble la Iuriſdiction haute, moyenne & baſſe, & aux Conſuls & habitans l'exercice d'icelle.

Quintò, Que ſous pretexte de ce pareage, les Abbez & Religieux auoient vſurpé la Iuriſdiction haute, moyenne & baſſe, les droicts & deuoirs ſeigneuriaux, & particulierement la barque.

Sur ces fondemens, qui ſont tous ſuppoſez & contraires aux actes, ſur leſquels on les veut eſtablir, les Conſuls & habitans demanderent qu'il plût au Conſeil, receuoir l'offre qu'ils faiſoient de ſe rachepter, de payer & rembourſer la finance (qu'ils diſoient) que l'Abbé & les Religieux auoient payée, enſemble les frais & loyaux couſts, leſquels ſeroient tenus (moyennant ce payement) de leur laiſſer l'exercice de la Iuriſdiction haute, moyenne & baſſe, & les autres droicts, dont ils ſuppoſoient, qu'ils iouyſſoient au temps du Roy Philippes, c'eſt à dire auant ces transactions, & en cas l'Abbé & les Religieux ne voudroient pas accepter la fi-nance, & l'offre qu'ils leurs faiſoient, qu'il fut enjoint au Commiſſaire de la rece-uoir & demettre les deniers offerts en depoſt, apres lequel, la Iuriſdiction haute, moyenne & baſſe, droicts & deuoirs Seigneuriaux, appartenans au Roy, à ſaint Ti-bery indeuëment & ſans tiltre, vſurpés par les Abbez & Religieux, *fuſſent ſaiſis à & mis en la main du Roy, & ſous icelle regis & adminiſtrez par perſonnes tierces, idoines & reſponſables, à la charge d'en rendre compte, & payer le reliqua, à & à qui il appar-tiendroit.*

V. de procez verbal de 1555 56 & 1557. fo. 4. recto, dans la 2. prod. de M. l'Abbé cotte B. à Ibid.

Ils requirent *b* auſſi que le Conſeil commit au Treſorier de France du pays, ou à l'vn des Seneſchaux de Beaucaire, Carcaſſonne, Gouuerneur de Montpellier ou leurs Lieutenans, *l'execution de la ſaiſie, bail & déliurance de l'adminiſtration & regime des Iuriſdictions hautes, moyennes et baſſes, es autres droicts et deuoirs ſeigneu-riaux.*

Vid. le pro-cez verbal, fol. 5.

Le Conſeil ayant ordonné le treize Ianuier 1555. que cette Requeſte ſeroit mon-trée au Treſorier de France, & General de la Charge des Finances, pour donner ſon aduis au Roy; il declara le dix-ſept du meſme mois, qu'auant de donner ſon aduis, l'offre des habitans, enſemble la requeſte & les pieces iuſtificatiues deuoient eſtre ſignifiées à l'Abbé & aux Religieux, pour y répondre ſommairement, de-uant le Commiſſaire qu'il plairoit au Roy de deputer; & à faute de ce faire, qu'il fut procedé par voye *de ſaiſie c des choſes contenuës en la Requeſte, pour le tout ren-uoyé au Roy, auec ſon aduis y eſtre pourueu.*

Le premier Mars 1556. les Conſuls & habitans obtindrent vne Commiſſion du grand Sceau, adreſſante aux Seneſchaux de Beaucaire, Carcaſſonne, Gouuer-neur de Montpellier, & à leurs Lieutenans; par laquelle le Roy, ſuiuant l'aduis du ſieur de Chefdebien, Treſorier de France en Languedoc, ayant eſgard à l'offre des habitans, leur renuoya la requeſte, auec commandement de la faire ſignifier à l'Abbé, & aux Religieux de ſaint Tibery, afin qu'ils y répondiſſent ſommaire-

ment,

ment , auec ordre de prendre , *saisir* a *& mettre sous la main du Roy , les choses men-* tionnées en la requeste , *& sous icelle les faire regir & gouuerner ; & de tout faire bon &* ample procez verbal , *& le renuoyer pardeuers sa Majesté,auec les pieces attachées, pour* le tout veu , *estre ordonné ce que de raison.*

 Cette Commission fust mise entre les mains de Torillon , Lieutenant principal du Gouuerneur de Montpelier , deuant lequel les habitans soustinrent auec leur hardiesse ordinaire , que les Religieux occupoient la Seigneurie haute , moyenne & basse , sous quelque composition de la somme de sept cens liures, qu'ils preten-doient auoir payée à vn Commissaire deputé pour la reünion du domaine ; & re-quirent , qu'en cas que l'Abbé & les Religieux ne voudroient pas receuoir cette som-me, pour le rachapt de la Ville & de la jurisdiction , il leur fut permis de la depo-ser entre les mains de tel Commissaire qu'il nommeroit , pour aprés suiuant sa Commission , à faute de defendre , *estre fait saisie* b *de ladite Iurisdiction,iusques à ce* que par ledit Seigneur Roy en fut ordonné.

 L'Abbé & les Religieux ayant recusé le Commissaire qui leur estoit suspect, il ne laissa pas , pour complaire aux habitans , d'ordonner que la somme de 700. liu. seroit baillée à l'Abbé & Religieux, ou au depositaire qu'ils voudroient nommer; & en cas de refus, qu'elle seroit mise entre les mains d'Auriac, qui auoit esté nom-mé par Torches & Verdier, Consuls c du lieu; declarant neantmoins qu'il n'en-tendoit pas passer outre, iusques à ce que la recusation seroit iugée par les Arbi-tres,qui seroient accordez par les parties,les assignant au Siege presidial de Mont-pellier au premier iour d'Audiance , pour communiquer au Conseil : ce qui obli-gea l'Abbé & les Religieux d'interjetter appel de cette Ordonnance renduë par vn Iuge, lequel en declarant qu'il ne pouuoit pas iuger, auoit neantmoins iugé.

 Les Consuls & habitans reconnoissant la nullité de cette Ordonnance , & que le Commissaire auoit esté iustement recusé, pour euiter que la recusation ne fut pas iugée, presenterent vne Requeste au Conseil, au mois de Ianuier 1557. par la-quelle aprés auoir repeté les suppositions ordinaires , touchant la pretenduë vsur-pation de la Seigneurie de saint Tibery , ils demanderent qu'attendu que leur of-fre auoit esté receuë au Conseil, suiuant laquelle ils auoient deliuré leurs deniers, il luy plust (pour euiter toute suspicion & récusation) ordonner que les Religieux d *seroient assignez au Conseil pour répondre sommairement, & faire foy de leurs tiltres, &* cependant pour la conseruation du domaine , que la Iurisdiction haute , moyenne & basse, pontanage *& autres droicts seigneuriaux* FVSSENT PRIS ET MIS EN LA MAIN DV ROY, ET SOVS ICELLE REGIS ET GOVVERNEZ, *& pour mettre à* execution ladite MAIN-MISE, *commette au Tresorier de France , General de la* Charge, Iugé *Mage de Montpellier ou leurs Lieutenans, &c.*

 Par la Commission du grand Sceau, expedié le 29. Ianuier 1557. en conse-quence de l'Ordonnance du Conseil, apposée au bas de cette Requeste, suiuant l'vsage de ce temps-là : il fut enjoint au Seneschal de Beaucaire, Carcassonne, Iuge-Mage de Montpellier ou leurs Lieutenans, de *saisir* & mettre entre les mains du Roy , la Iustice haute , moyenne & basse, pontanage, & autres droicts seigneu-riaux de la ville de saint Tibery , & en cas d'opposition , contredits ou delay ,la e *saisie tenant, de renuoyer icelle auec les parties au Conseil Priué,où sa Majesté en retenoit* (attendu qu'il estoit question de rachapt de domaine) *toute Cour, Iurisdiction, & con-* noissance.

 Maistre Iean Fabry,Lieutenant Particulier au Gouuernement de Montpellier, ayant esté choisi par les Consuls de S. Tibery , pour executer cette Commission, le sieur de saint Felix,qui estoit pour lors Abbé,choisit maistre Iean Mercier f Ad-uocat de Beziers, pour defendre ses interests : mais les Consuls & Fabry luy de-fendirent l'entrée de S.Tibery,alleguant pour excuse,que dans la ville de Beziers, il y auoit grand danger de peste, & parce que le Procureur du sieur de saint Felix requit vn delay de trois iours, pour prendre vn autre conseil : les Consuls qui ne demandoient qu'à le dépoüiller de la Seigneurie, insisterent de leur part, qu'il

C

a Vide le pro-
cez verbal de
Fabry , dàs la
2.prod.de M.
l'Abbé , fol.
7. 1. cotte B.

b Vide ibi-
dem, fol.9.v.

vide m. fol.
10. v. & 11.re-
cto.
Torches &
Verdier Con-
suls.
c Vide le pro-
cez verbal, f.
14. n & v.

d Ibidem,fol.
18. recto.

e Vide le pro-
cez verbal ,
fol.18. & 29.
v.

f Ibid.fol.24.
& v. 25. r. &
v.

*Vid. la 2 pr.
cotte B. fol.
28. rect.
*Ibid.fol. 32.
verf. & rect.
falloit que le Commissaire *saisit a sous la main du Roy, la Iustice haute, moyenne & basse, pontanage, & autres droicts Seigneuriaux.*
Et nonobstant qu'il fust iustifié de la part de l'Abbé que la Iurisdiction luy ap-*b* partenoit; que ses predecesseurs en auoient tousiours iouy; & que le tiltre alle-gué par les Consuls, estoit vn pareage fait par vn Abbé, ou vne confirmation dans la possession, en laquelle estoient les Officiers, de connoistre des premieres ap-pellations, n'ayant esté troublé qu'à cet égard par les Officiers du Roy, & non
*Ibid. fol. 32.
recto.
c mie (disoit l'Abbé) sur la Iurisdiction haute, moyenne & basse, ny sur la barque, qui luy auoit esté adiugée, par vn Arrest du Conseil Priué, precedé de deux au-tres; l'vn rendu au Parlement de Tolose, & l'autre au Grand Conseil. Ce qui de-uoit obliger le Commissaire, de renuoyer les parties au Conseil, sans proceder à la saisie de la seigneurie, puis que les Consuls ne pouuoient pas iustifier qu'elle fust du Domaine du Roy; & qu'au contraire, l'Abbé faisoit voir qu'elle luy appar-tenoit.

*Ibid.fol.45.
verso.
Mais comme ce Commissaire estoit defrayé & payé par les Consuls, il ne laissa pas le 3. Mars 1557. de rendre vne Sentence à Florensac, ayant choisi des gens de la R. P. R. pour prendre leurs auis, par laquelle il ordonna que la somme de 700. liu. qui auoit esté mise entre les mains du nommé Auriac, seroit desiiurée au sieur de sainct Felix Abbé, par mesme Ordonnance *d* (dit-il) *Auons* SAISI & *mis entre les mains du Roy, la Iustice haute, moyenne & basse, pontanage, & autres droicts Seigneuriaux de la Ville de sainct Tibery, pour estre regie & gouuernée au nom dudit Seigneur,* ET EN SIGNE DE MAIN MISE, *Auons ordonné & ordonnons, que les Armes & panonceaux seront mises & affichées sur les portes principales des murailles de ladite Ville, au Pilory, & pontanage, & autres que besoin sera; iusques à ce que par ledit Seigneur, & son Conseil Priué y sera pourueu autrement. Et au surplus* (continuë ce Commissaire) *Auons renuoyé & renuoyons les parties pardeuant ledit Seigneur & son Conseil Priué, au 15. iour de Iuin prochain venant.* LADITE SAISIE CEPENDANT TENANT, SVIVANT LE VOVLOIR ET MANDEMENT DVDIT SEIGNEVR.

*Ibid. fol. 50.
verf & 51. rec.
& verf.
*Ibid.fol. 51.
verso.
Le mesme Commissaire executa en suitte son Ordonnance, par la saisie réelle de la Seigneurie & de la barque sous la caution *e* d'Emeric Torches, Antoine Barilles, & Bertrand Verdier Consuls de sainct Tibery, qui s'obligerent de ren-dre compte des fruits, & de les payer à qui il seroit ordonné par le Conseil, ayant requis *f* la saisie de la barque & des autres droicts Seigneuriaux sous cette condi-tion expresse. Ce qui fut ainsi ordonné par le Commissaire.

Depuis cette saisie, le feu des guerres de la Religion, s'estant fortement allumé en France, & surtout en Languedoc, le sieur de sainct Felix Abbé, mourut au-parauant qu'il eust pû obtenir au Conseil la main-leuée de la Seigneurie de sainct Tibery, & peut estre auant l'écheance de l'assignation, qui luy auoit esté donnée au Conseil; car les Habitans n'ont pû encore iustifier qu'il y ait eu des presenta-tions faites sur l'assignation qui fut donnée à leur Requeste par l'Ordonnance de Fabry.

*Vide la 2. p.
de M. l'Abbé
cotte C.
Les Consuls de sainct Tibery, qui tenoient la main à M. de Crussol general de l'Armée des Huguenots, pour dépouiller cette Eglise, de ce qu'elle auoit de plus precieux, & de plus sacré; apres auoir fait saisir le temporel de l'Abbaye, obtinrent de luy vne ordonnance le 3. Iuillet 1562. dans laquelle il prenoit ces qualitez (qui marquoient l'entreprise des subjets sur l'autorité Royalle) *g esteu ge-ral du Roy & chef de l'Armée Chrestienne assemblée au pays de Languedoc, pour le seruice de Dieu, la liberté, la déliurance du Roy, de la Reyne sa mere, de M. d'Orleans, & conseruation de l'Estat.*

*Ibid. la mes-
me piece.
*Vide l'inue-
taire des re-
liq. Ibidem.
Par cette Ordonnance, il estoit enioint aux Consuls de sainct Tibery, de faire vendre tous les reliquaires *h* & vases sacrez, pour payer les soldats, que M. de Crussol tenoit en garnison au clocher de l'Eglise. Ce qui leur estoit fort aisé, puis qu'ils en auoient fait faire vn inuentaire *i* de leur autorité le 29. Decem-bre 1561. par Grand Puy qui auoit esté establi Regent de la Iustice du lieu à leur requeste, apres qu'ils eurent fait saisir la seigneurie.

L'Eglise, le Monastere, & la plus grande partie des Tiltres de l'Abbaye furent bruslez en 1572. Ce que les habitans du lieu ont eux-mefmes certifié *a* en 1651. dont M. de Catel a fait en quelque façon mention dans *b* fon hiftoire de Languedoc. Quand il dit, *que cette Abbaye fut quafi ruinée par les heretiques aux premiers troubles.*

Ce qui arriua à caufe que les habitans faifoient la plufpart profeffion de la R.P.R. & qu'ils eftoient bien aife de faire perdre les Tiltres d'vne Abbaye qu'ils vouloient dépoüiller de fon reuenu. Ce qui les porta d'y attirer des troupes & des garnifons de l'armée des Huguenots, qui la defolerent entierement.

Cette Eglife fut prés de 30. ans fans Abbé. Monfieur le Conneftable de Montmorency iouyffoit *c* par authorité de fon temporel, & empefchoit par toutes fortes de voyes, que les Religieux (qui s'efforçoient autant que le temps le leur pouuoit permettre, de conferuer les droicts de l'Abbaye) ne donnaffent des inueftitures; alleguant (pour pretexte) que la feigneurie eftoit *faifie*, & qu'il y auoit inftance au Confeil, au preiudice de laquelle ils ne deuoient pas iouyr du reuenu, n'y faire aucune fonction de Seigneur, comme il le fit ordonner par des Lettres du grand Sceau du 2. Iuin 1589.

En 1603. Mre François Boyer, ayant efté pourueu de l'Abbaye *d* de faint Tibery apres vne fort longue vacance : car on ne fçauroit iuftifier que depuis le fieur Flauin, qui viuoit *e* en 1576. lors de la vente du temporel de l'Abbaye pour la fubuention, & qui mourut quelque temps apres ; par le decedz duquel le fieur Boyer fut pourueu (comme il fe voit par fes Bulles) il y ait eu aucun autre Abbé qui ait efté canoniquement pourueu de l'Abbaye ; ne fçachant pas d'abord en quoy confiftoit le reuenu de fon Abbaye, il découurit long temps apres la tranfa-ction de 1273. Dans laquelle ayant veu qu'il eftoit Seigneur de faint Tibery, il fe mit en deuoir de iouyr de la Seigneurie, mais ayant efté troublé, il prefenta Re-quefte au Parlement de Tolofe au mois de Ianuier 1627. (ignorant qu'il y eut vne inftance au Confeil depuis 1557. puis qu'il n'auoit pas efté affigné en reprife par les Habitans, (qui eftoient les feuls qui deuoient faire cette diligence) par laquelle il demanda qu'il fût fait *defenfes au Receueur du Domaine de le troubler en la poffeffion & iouïffance de la Seigneurie, & droicts en dependans ; & qu'à ces fins M. le Procureur general fut affigné pour fe voir maintenir en icelle, auec tous droicts de Iuftice, & autres droicts & deuoirs feigneuriaux en dependans.*

Le 19. Fevrier de la mefme année 1627. il fut rendu vn premier Arreft, portant que M. le Procureur general, qui auoit d'abord fouftenu que la caufe deuoit eftre renuoyée aux Officiers du Bureau du Domaine, defendroit en execution duquel & d'vn autre interuenu le 8. Mars fuiuant, le fieur Boyer ayant produit les titres qu'il auoit pû trouver, qui n'eftoient pas en fi grand nombre que ceux qui font prefentement raportez, que l'on n'a découuert qu'apres vne longue recherche, & de grandes dépenfes ; il fut rendu vn Arreft diffinitif le 18. Aouft 1632. *auec grande & meure deliberation*, comme il eft porté dans l'Arreft, par lequel *l'Abbé fut f maintenu, & gardé en la Seigneurie & Iuftice haute, moyenne et baffe, mere, mixte, impere, du lieu de faint Tibery, et tous autres droicts en dependans fous l'hommage et preftation portée par la tranfaction de l'an 1273. et referuations & contenuës.*

Il paroift par les actes énoncez dans le veu de cet Arreft, que le fieur Boyer n'auoit découuert que la tranfaction de 1273. quelques hommages & denombre-mens faits par quelques-vns de fes predeceffeurs : vn acte de 1334. par lequel l'Ab-bé & les Religieux, fur la Requefte qui leur fut prefentée par les Confuls de faint Tibery, leur auoient permis de pouuoir porter vn chaperon & la liurée Confu-laire, qu'ils portent encore fur vne robbe noire, pour marque que la Seigneurie appartient à l'Eglife ; & d'auoir vn valet portant la robbe my-partie, & quelques baux à ferme ; qu'il ignoroit que les Habitans fes vaffaux auoient fait faifir la Sei-gneurie, ne les ayans pas mis en caufe, comme il auroit fait, pour les faire con-damner à la reftitution des fruicts, qu'il ne demanda pas, parce qu'il n'auoit pour partie que M. le Procureur general, & qu'il ne fçauoit pas ce qui s'eftoit paffé au Confeil és années 1555. 1556. & 1557.

C'eſt de cet Arreſt, dont les Habitans demandent preſentement la caſſation, comme donné (diſent-ils) au preiudice de l'inſtance pendante au Conſeil depuis l'aſſignation donnée au ſieur de ſaint Felix Abbé en 1557. comme ſi le ſieur Boyer & le ſieur Bruſler ſon ſucceſſeur, qui a pris *a* poſſeſſion de la Seigneurie de ſaint Tibery en vertu de cet Arreſt le 14. Aouſt 1658. auoient deû deuiner qu'il y auoit vne inſtance pendante au Conſeil depuis 1557. ne leur ayant iamais eſté denoncée qu'apres l'Arreſt du Parlement de Toloſe, & la miſe de poſſeſſion. Quoy que s'ils euſſent agy de bonne foy, ils deuoient (apres le deceds du ſieur de ſaint Felix) faire aſſigner ſes ſucceſſeurs, en repriſe de l'inſtance, qu'ils auoient eux-meſmes intentée au Conſeil; parce que les Benefices n'eſtans pas des ſucceſſions heredi-taires, ceux qui en ſont pourueus ſont touſjours dans vne iuſte ignorance de ce qui s'eſt fait auec leurs predeceſſeurs, s'ils n'en ſont inſtruits par ceux qui ont contracté auec eux.

Ce qui ſuffit pour faire voir que l'Arreſt du Parlement de Toloſe n'eſt point attentatoire, comme le pretendent les Habitans; puis que les defenſes du Con-ſeil ſur leſquelles l'on veut fonder la nullité, n'ont iamais eſté ſignifiées à celuy qui a obtenu cet Arreſt. Ce que les Habitans n'ayant pas fait, ils ne ſont pas re-ceuables à alleguer ce moyen, qui eſt pourtant l'vnique *b* ſur lequel ils ont intro-duit l'inſtance au Conſeil contre le ſieur Bruſler, apres que leur pretention a eſté condamnée par le Conſeil de feu M. le Prince de Conty, qui auoit le principal intereſt en cette affaire, en qualité d'engagiſte du Comté de Pezenas, auquel le ſieur Abbé ayant fait connoiſtre que la Seigneurie de ſaint Tibery appartenoit à ſon Egliſe, qu'il ne croyoit pas que S. A. qui faiſoit tant de liberalitez de ſon bien aux Egliſes & aux pauures, voulut ioüir dauantage, d'vn reuenu qui appar-tenoit à l'Abbaye de ſaint Tibery, & qui auoit eſté conſacré pour l'entretien des Religieux & des pauures.

Ce Prince, qui ſçauoit ſi bien le deuoir des Grands, qui les oblige de faire iuſtice & de proteger ceux qui ſont perſecutez, n'eut pas de la peine à entrer d'abord dans les ſentimens de iuſtice, que ſa qualité & ſa pieté luy inſpiroient. Il ordonna aux Conſuls & Habitans de ſaint Tibery de remettre toutes leurs pieces entre les mains des Arbitres, deuant leſquels toutes les parties, ayant écrit & produit. S. A. ne voulant pas qu'vne affaire de cette conſequence fût iugée dans la Pro-uince, obligea les Habitans de faire porter toutes les productions à ſon Conſeil de Paris, & d'y enuoyer vn Deputé pour y defendre leur intereſt: Ce qu'ils firent, mais ſe voyans condamnez par vn iugement contradictoire, auquel S. A. acquieſça, par lequel la Seigneurie haute, moyenne & baſſe, fut adjugée au ſieur Abbé, ils obtindrent au mois de Feurier 1664. des Lettres du grand Seau, en caſſation de l'Arreſt du Parlement de Toloſe du 18. Aouſt 1632. comme rendu, diſent-ils, au preiudice des defenſes du Conſeil.

L'inſtance introduite au Conſeil en vertu de ces Lettres du grand Seau, y ayant eſté retenuë, M. l'Abbé a demandé main-leuée de la ſaiſie de la Seigneurie, & des droicts qui en dépendent; faite à la requeſte des Habitans; leſquels ne peu-uent pas éuiter d'eſtre condamnez à la reſtitution des fruicts, non ſeulement à l'égard de ceux qu'ils ont fait ſaiſir injuſtement, s'eſtant ſouſmis de les reſtituer à qui il ſera ordonné; mais encore des droicts qu'ils ont vſurpez. Car il eſt iuſtifié qu'ils n'ont appellé le Roy à leur ſecours, (quand ils ont voulu dépoüiller cette Abbaye de ſon patrimoine) que pour profiter eux-meſmes de la plus grande par-tie du butin, en faiſant part de l'autre au Roy, qui a ſujet de ſe plaindre du pro-cedé inique de ces Habitans rébelles, puis qu'ils ont fait ſeruir ſon autorité *c* à couurir vn vol & vn pillage du bien de l'Egliſe.

Les concluſions que M. l'Abbé a priſes luy auoient eſté adjugées par vn Arreſt du Conſeil du 11. Aouſt 1666. qui a eſté en partie executé ſur les lieux, contre lequel les Conſuls & Habitans ayant fait deſſein de ſe pouruoir, ils auoient man-dié auparauant l'interuention de François Euldes Fermier general des Domai-nes du Roy, lequel fonde ſes pretentions ſur les meſmes ſuppoſitions, que les Ha-

bitans

a Vide la pri-ſe de poſſeſ-ſion dans la derniere pro-duction de l'Abbé. *du 7 Juillet 1687.*

b Vide les Lettres du grand Seau des Habitans qui ne ſont fondées que ſur ce moyen en datte du 28. Fevrier 1664. Dans le pro-cez verbal de 1557. ſeconde prod. de M. l'Abbé, cotte A, fol.

c Seruire me feciſtis iniqui-tatibus veſtris.

bitans, comme il se voit dans la Requeste d'interuention du 13. Septembre 1666. qui n'a esté signifiée que le 15. Ianuier 1667. dans laquelle il soustient d'abord, que M. l'Abbé de sainct Tibery demande d'estre maintenu au droict d'vne albergue de vingt liures qui appartient au Roy, à quoy il n'a iamais pensé ; il pretend seulement conseruer à son Abbaye son ancien patrimoine, qu'elle possedoit auant que nos Roys eussent des domaines en Languedoc, & pour cela il n'employera pas des faussetez & des suppositions, comme font les habitans & le Fermier; mais des transactions, des Arrests, & des actes authentiques, qui sont les armes ordinaires de ceux qui defendent vne cause iuste, n'y ayant que ceux qui desirent profiter iniustement du bien d'autruy, qui deguisent la verité, qui supposent dans les actes ce qui n'est pas, & qui ne feignent pas (comme ont fait les demandeurs) de mentir, pourueu qu'ils puissent tirer quelque profit de leur mensonge. *Voluntas fingendi, at mentiendi eorum est, qui opes appetunt, qui lucra desiderant; ergo à quibus abfuit studium lucri: abfuit etiam voluntas & causa fallendi.* Ce qui se verra encore plus particulierement dans la refutation des principaux moyens, dont se seruent les habitans & le Fermier, qu'on a esté obligé de distinguer par articles, pour vn plus grand éclaircissement, & pour éuiter la confusion des matieres.

Lactant. de falsa Rel. l. 1.

Premier moyen des habitans, sur lequel ils fondent le droict du Roy sur la Seigneurie de S. Tibery. Buldes Fermier du Domaine, l'a employé pour appuyer sa demande.

Comme il n'y a rien de si fauorable, & sur tout au Conseil du Roy, que les poursuites qui se font pour faire reünir au domaine les droicts que l'on dit en auoir esté vsurpez; la principale application des habitans de saint Tibery, pour rendre leurs Abbez odieux, a tousiours esté de soustenir qu'ils auoient vsurpé la seigneurie du lieu sur le domaine de la Couronne; sçachant que s'ils pouuoient persuader ce faict, les Abbez ne seroient plus en estat de defendre leur possession, quelque longue qu'elle fust, & de quelques actes qu'elle fust soustenuë; parce que le domaine estant imprescriptible & inalienable, chaque Roy est en droict de le retirer des mains des possesseurs, en vertu de son tiltre primordial, sans qu'on luy puisse opposer aucune sorte de prescription, non pas mesme la centenaire, principalement dans le ressort du Parlement de Tolose, où l'Ordonnance de François I. qui l'exclut, a esté enregistrée sans aucune modification, & y a esté tousiours inuiolablement obseruée.

Ce moyen estant le principal & le plus important que les habitans ont auancé, les a engagé d'essayer de faire voir que la seigneurie de saint Tibery est de l'ancien domaine de la Couronne; parce que l'on conuient auec eux, que si cela estoit, les Abbez n'ayant point de Lettres Patentes de nos Roys, portant alienation de la seigneurie au profit de leur Abbaye, pour cause de dotation & de fondation (qui est le seul cas, auquel le domaine se pouuoit autrefois aliener à perpetuité en faueur de l'Eglise) ils ne pourroient pas legitimement defendre leur possession, quoy qu'elle fust de plus de trois à quatre siecles.

Voicy comme les habitans font voir que la seigneurie de saint Tibery a esté originairement du domaine de nos Roys. Celuy qui a fait leur deuxieme production au Conseil, voulant rapporter l'histoire des Conquestes du Languedoc, a pris presque mot à mot, ce que Monsieur Caillard, Aduocat au Parlement, auoit rapporté pour les habitans de la Caunette, Aigne & Babio, dans l'instance qu'ils ont au Conseil contre le sieur de Casalets, pour la reünion de ces terres à la Couronne, sur le sujet qui donna lieu sous Philippes II. d'enuoyer vne puissante armée dans cette Prouince, pour exterminer les Albigeois, qui estoient soustenus des Comtes de Tolose, du Vicomté de Beziers, & de plusieurs autres grands Seigneurs; & ayant fait voir, apres auoir meslé quelques erreurs dans le faict, que Simon de Montfort, qui fut esleu Chef de cet armée, s'estant rendu en Languedoc en l'année 1209. prit d'abord la ville de Beziers, sur Raymond Roger Trincauel,

D

14

qui en estoit Vicomté ; & que s'estant rendu peu de temps apres le Maistre de la Prouince, *il fut fait proprietaire des terres & seigneuries qu'il auoit conquises, particulierement de celles qui auoient appartenu à Raymond Roger, Vicomte de Beziers*, & apres auoir rapporté peu exactement ce qui fut fait depuis sous Simon de Montfort, & comme ayant esté tué au siege de Tolose en 1218. Amaury son fils ceda les biens conquis par son pere *au Roy S. Louys*, en quoy il y a vne erreur ; car ce fut à Louys VIII. pere de saint Louys, que cette cession fust faite.

C'est *b par le moyen de cette cession* (continuent les habitans) *que les Roys de France ont esté faits proprietaires du Languedoc, & c'est de là que procede le domaine qu'ils ont dans cette Prouince*. Ils font en suite mention de l'acte que Raymond Trincauel, fils de Raymond Roger fit au profit de saint Louys en 1247. d'où ils concluent que la seigneurie de saint Tibery appartient à nos Roys, comme plusieurs autres terres de la Prouince, en vertu de la cession d'Amaury de Montfort de 1223. & de cet acte de Trincauel de 1247. Et *c bien qu'apres des tiltres si authentiques, & en si grand nombre* (ce sont les termes des habitans) *on ne puisse pas reuoquer en doute, que le lieu de saint Tibery, qui depend du Vicomté de Beziers, ne fit partie du domaine de la Couronne ; attendu que tout ce que Trincauel iouyssoit , tant dedans le Diocese d'Agde, que de Beziers & d'Alby, auoit esté cedé au Roy par ledit acte de 1247.* S. Tibery estoit dans le Diocese d'Agde.

Apres qu'ils croyent auoir trouué la seigneurie de saint Tibery dans la cession de 1223. & dans l'acte de 1247. (par où elle seroit asseurement deuenuë domaniale, si elle auoit fait partie des biens compris dans ces actes) ils iettent le fondement de l'vsurpation des Abbez, en establissant le commencement de leur possession au temps de Philippes le Hardy ; par l'entier deguisement de la verité, de ce qui se passa sous son regne, & de celuy de saint Louys son pere ; *d Neantmoins* (disent-ils) *pendant les saintes, mais infortunées expeditions du Roy S. Louis ; Guillaume lors Abbé de S. Tibery auroit mis en auant quelque pretention, qu'il disoit auoir sur le Mere-Empire, ou Iustice haute dudit lieu ; à quoy le Procureur du Roy de la Cour Royale de Beziers s'estant d'abord opposé, le procez auroit esté porté pardeuant diuers Iuges. Cette pretention estoit fondée sur ce qu'on disoit que la Iustice haute, auec quelques droits seigneuriaux, auoient esté engagez par Raimond Trincauel Vicomte de Beziers à vn precedant Abbé de saint Tibery, nommé Raimond, pour quelque somme d'argent, & que les pieces seruant à la iustification du faict ne se pouuoient trouuer.*

Ils adioustent, que *cette c contestation n'ayant pas esté terminée pendant la vie de Guillaume ; Bermond son successeur en l'Abbaye auroit engagé Iean de Cultura, Senéchal de Carcassonne, qui n'auoit aucun pouuoir à passer vne transaction auec lui le dixneufiéme Auril 1273. par laquelle il infeoda audit Abbé, non seulement le Mere, mais encore le Mixte empire de ladite Seigneurie de saint Tiberi, (lui donnant par consequent plus qu'il ne demandoit) moyennant la redeuance d'vn autour, ou cinquante sols.* C'est par le moyen de cette transaction seulement, que les Habitans pretendent que les Abbez de saint Tibery ont commancé de iouir de la Seigneurie du lieu, souftenant qu'auparauant l'année 1273. ils n'en estoient pas proprietaires, & font mesme ce qu'ils peuuent pour soustenir, que Guillaume Abbé de saint Tibery (qu'ils supposent auoir demandé le premier la restitution de cette Iustice aux Officiers du Roy) n'estoit pas en possession.

L'on conuient auec ces habitans, que c'est par la cession de 1223. que les biens conquis sur les Albigeois par Simond de Montfort, ont esté vnis à la Couronne de France ; du moins ceux qu'Amaury de Montfort possedoit, lors qu'il en fit le transport à Louys VIII. & à ses successeurs : & que si la Seigneurie de saint Tibery faisoit partie des biens compris dans cette cession, elle seroit deuenuë domaniale. Mais pour le iustifier il faudroit que les Habitans raportassent quelque acte qui fist voir que Simon de Montfort, Amaury son fils, Louys huit, & Louys neuf en auoient iouy depuis la conqueste ou la cession ; ou du moins il ne faudroit pas qu'il fust si clairement iustifié, comme il est, que les Abbez de saint Tibery estoient Seigneurs du lieu long temps auant la conqueste ; & que ce fut principa-

a Cecy est tiré mot à mot de la 2. production des habitás de S. Tibery, p. 5.

Origine du domaine que nos Roys ont en Languedoc.
b Ibidem, 2. p. des habitans, p. 7.
c Ibidem, p. 8.

d Ibidem, p. 8.

e Vide la procedure de Fabry, p. 8. v.

Réponse au premier moyen.

lement pour la conseruation du bien de cette Eglise, & des autres de la Prouince, que la Guerre fut entreprise à la sollicitation des Papes *a* & des Ecclesiastiques du Royaume, qui ne pouuoient plus souffrir la persecution, & les entreprises qui estoient faites depuis long temps sur leurs droits, par les Albigeois, & par les Seigneurs qui protegeoient ces heretiques.

L'Abbé de saint Tibery fut vn des principaux Ecclesiastiques qui accompagnoient ordinairement Simon de Montfort, il se treuua au siege de Muret *b* à cette memorable bataille, en laquelle ce conquerant (assisté des vœux & des prieres que faisoit cet Abbé, *c* & les autres Prelats qui leuoient les mains au Ciel à l'imitation de Moyse pendant le *d* combat) auec mille hommes *e* deffit en 1213. l'Armée du Roy d'Arragon & du Comte de Tolose, composée de cent *f* mille combatans.

Si l'Abbé de saint Tibery n'auoit pas à lors eu la Seigneurie du lieu, il ne luy auroit pas esté difficile de l'obtenir de Simon de Montfort. Ce Prince auroit esté assez genereux, pour la luy donner, si elle eust fait partie de ses conquestes, comme le supposent les Habitans, puis qu'il en donna de plus considerables à l'Euesque de *g* Tolose, & qu'il fit de grandes liberalitez à tant d'autres particuliers: Mais il est constant que l'Abbé de saint Tibery n'eust point d'autres auantage en cette guerre, que de conseruer le lieu que ses predecesseurs auoient iouy, qui est la Seigneurie qu'ils possedoient depuis plusieurs siecles, comme il se void par les actes produits au procez, & sur tout par l'enqueste *h* qui fut faite auant la transaction de 1273. qui iustifient que la Seigneurie haute, moyenne & basse de saint Tibery appartenoit à l'Abbaye, auant & apres la conqueste de Simon de Montfort lequel (en qualité de successeur du Vicomte de Besiers,) n'y auoit que la *i* leude-mage, laquelle fut transferée à nos Rois par la cession de 1223. En consequence de laquelle Louys VIII. & Louys IX. en iouirent, comme en auoient iouy les Comtes de Montfort, & auant eux les Vicomtes de Besiers, de laquelle l'eude-mage le Roy iouit encore, ou du moins Monsieur l'Euesque de Besiers en qualité d'Engagiste du Domaine.

Les Habitans ont icy auancé vne supposition, quand ils ont dit, que les Vicomtes de Besiers estoient proprietaires de la Seigneurie de S. Tibery, & qu'elle passa aux Comtes de Montfort, & d'eux à la Couronne de France, par l'acte d'abandonnement que fit Trincauel au profit de S. Louys en 1247. de toutes les pretentions qu'il pouuoit auoir sur les biens de son pere; & quand ils soustiennent en suite, que l'Abbé de saint Tibery fit instance deuant les Officiers du Roy pour auoir cette Seigneurie, de laquelle ils suposent qu'il n'estoit pas en possession en 1271. & au commencement de 1273.

Mais il ne faut pas trouuer estrange que ces Habitans n'ayent pas veu dans la transaction de 1273. ny dans l'enqueste qui fut faite auparauant, que l'Abbé estoit en possession de l'entiere Seigneurie, & que c'estoient les Officiers du Roy qui estoient demandeurs, quoy que les pieces portent en termes formels, que l'Abbé (qui estoit en possession) estoit defendeur, & non pas demandeur; puis que les mesmes Habitans ont treuué que les Vicomtes de Besiers estoient possesseurs de cette Seigneurie, & que l'vn d'eux la donna à saint Louys en 1247. encore qu'il n'en soit fait aucune mention dans l'acte, & qu'il soit au contraire iustifié que les Abbez iouïssoient paisiblement de la Seigneurie de saint Tibery du temps des Vicomtes de Besiers, des Comtes de Montfort, de Louys VIII. & de Louys IX. Ils ne voyent pas ce qui est contenu dans les actes, & ils sont si éclairez & si penetrans qu'ils y voyent le contraire de ce qu'ils portent: d'où il faut conclure que le lieu de saint Tibery n'a iamais fait partie du Domaine de la Couronne, & que l'Abbé qui chargea la Seigneurie d'vne redeuance annuelle ne faisoit pas auparauant, ne fit rien d'auantageux pour son Abbaye, puis que ces predecesseurs & luy-mesme l'auoient tousjours possedée allodialement, horsmis que par là nos Rois contracterent vne plus estroite obligation de proteger les Abbez & le patrimoine de l'Eglise.

niere production signifiée le 1667. *i* Ibidem, fol. 9. témoins, 16.

a Alexandre III. Luce III. Innocent III. condamnerent les Albigeois en 1179. 1181. & 1198. ces deux dernier porterent les Princes Chrestiens à leur declarét la Guerre, ce qui fut exécuté sous Philippes II.

b Vide Catel hist. des Comtes de Tolose, p. 295. & 297.

c V. l'attestation faite le lendemain de la bataille par les Euesques de Tolose, Nismes, Vsez, Lodéue, Besiers, Agde, & Comminge, & par les Abbez de Clairac, Vallemagne, & S. Tibery, rapportée dans Catel, ibidem page 295 qui la tire de Mathieu Paris, & du moins de Valfernay.

d V. Catel, ibidem p.198.

e Ibidem 293.

f Id. ibidem 294.

g Simon de Montfort donne la Baronnie de Berfeil, & plusieurs autres lieux, à l'Euesque de Tolose, dont l'Archeues. que iouit encore, Catel hist. du Lang. page 894.

h V. l'enqueste dans la dernière production signifiée le 1667.

Ces habitans ont mauuaife grace, de fouftenir que cette tranfaction eft nulle, parce (difent ils) que le Commiffaire n'auoit ny pouuoir de tranfiger, ny d'infeoder, ny d'allienner la Seigneurie qui eftoit du Domaine; à quoy ils adjoûtent, que n'y ayant point de procez entre le Roy & les Abbez; on en fupofa vn pour fauorifer l'Abbé, auec lequel la tranfaction fut faite en 1273. & que cette tranfaction ne fut pas enregiftrée.

* Vide l'enquefte en la derniere production fignifiée le 7.ᵉ du mois de Xuillet 1667.

Mais outre qu'il eft permis de tranfiger fur la fimple menace d'vn procez, l'enquefte *a* faite auant cette tranfaction, iuftifie euidemment qu'il y auoit vn procez veritable entre les Officiers du Roy & les Abbez, & que le Roy n'aliena rien, puis qu'il ne poffedoit pas la Seigneurie; ayant au contraire acquis vne redeuance annuelle d'vn Autour qui n'eftoit pas peu confiderable en ce temps-là; de forte que le Senéchal ayant fait la caufe du Roy plus auantageufe qu'elle n'eftoit, il n'auoit pas befoin d'aucun pouuoir: Il fit neantmoins confirmer cette tranfaction par des Lettres patentes, non pas dans la crainte qu'il eut de pouuoir eftre defauoüé du Roy, puis qu'elle lui eftoit fauorable, mais pour affeurer au Domaine vn droit qu'il auoit acquis fur vne Eglife auec vn Abbé, les fucceffeurs duquel auroient pû reclamer fans cette precaution, qui eftoit prefque l'vnique dont fe feruoient nos Rois, dans les premiers temps de la troifiéme race, iufques au regne de Philippes de Valois, qu'on y adjoûta l'enregiftrement dans les Compagnies fouueraines, auparauant lequel temps l'enregiftrement n'eftoit pas neceffaire.

Second moyen pris d'vne tranfaction & d'vn pareage fait en 1315.

Les Habitans croyant auoir puiffamment eftabli dans leur premier moyen, que la Seigneurie de faint Tiberi auoit efté vnie à la Couronne, par la ceffion des biens conquis en Languedoc faite à Louïs huit en 1223. ou du moins par l'acte de Trincauel de 1247. Ils fouftiennent en fuite, qu'vn Commiffaire du Roy envoyé en Languedoc en 1315. pour faire la recherche des Domaines vfurpez, contribua tout à fait à l'vfurpation de cette Seigneurie; puis qu'au lieu de la retirer des mains de l'Abbé qui l'auoit, difent-ils, vfurpé, & de le chaftier comme il meritoit; il la luy abandonna cette mefme année 1315. fans aucun pouuoir, moyennant la fomme de fept cens liures, & l'appella en pareage auec le Roy.

Et fans expliquer la nature & les conditions de ce pareage, ils raportent à cet acte le fecond titre fur lequel ils fouftiennent, que les Abbez de faint Tibery ont fondé l'vfurpation de la Seigneurie; & que cela obligea leurs anceftres de fe plaindre en 1555. à Henry fecond, que fous pretexte de ce pareage, les Abbez de faint Tibery auoient vfurpé fur la Couronne la feigneurie du lieu, laquelle ils ne poffedoient en tout cas que par engagement, pour la fomme de fept cens liures qui auoit efté baillée à vn Abbé en 1315. ce qui les porta, adjoûtent-ils, de demander au Confeil, qu'ils fuffent receus à la retirer & rachepter des mains de l'Abbé. C'eft le langage que les Confuls & Habitans tenoient en 1555. & qu'ils tiennent encore aujourd'hy, pour appuyer la demande qu'ils font pour faire declarer la Seigneurie domanialle, & pour faire debouter M. l'Abbé de la main-leuée de la faifie, n'ayant iamais efté prononcé fur ces deux demandes auant le mois d'Aouft de l'année 1666.

Réponfe au fecõd moyen.

L'on s'eft d'abord obligé de combatre les moyens qui font alleguez par les Habitans, par les pieces mefmes, fur lefquelles ils les veulent eftablir; ce qui a efté fidelement obferué à l'égard du premier. On détruira encore ce fecond par la tranfaction & par le pareage fur lequel il eft fondé.

Si celuy qui a écrit pour les Habitans auoit auffi fidelà raporter la verité qui refulte des actes, qu'il a efté ~~porté~~ foigneux de la déguifer, en auançant ordinairement le contraire de ce qu'ils portent; il n'auroit pas dit d'abord que le Commiffaire du Roy en 1315. ne pouuoit pas compofer auec ceux qu'il auoit ordre de rechercher; puis que fa commiffion porte expreffément ces termes, *Si vero aliqui occupatores noftrorum iurium pro recelatis feu vfurpatis huiufmodi finare b volueriris concedimus*

b V. 2. pr. de M. l'Abbé, cote A.

dimus vobis præsentibus & ad hoc vos specialiter deputamus.

Il n'auroit pas non plus soustenu, que ce Commissaire trouua que l'Abbé de S. Tibery auoit vsurpé la seigneurie sur le Domaine du Roy, & qu'il la luy laissa pour sept cens liures, puis qu'il paroist au contraire, qu'il le reconnoist a pour le *a* Ibidem. Seigneur legitime, haut, moyen & bas ; & qu'il ne confirma en sa personne, que le droict de ressort, ou des premieres appellations.

Il auroit veu encore, que ce ne fust pas le Commissaire qui *b* appella l'Abbé en *b* V. le parea-pareage ; mais que ce fut l'Abbé qui associa le Roy pour cinq ans, dans l'exercice *ge dãs la der-* de la Iurisdiction criminelle seulement ; sous des conditions qui marquent si fort, *niere produ-* que l'Abbé estoit proprietaire de la seigneurie (ce qui ne luy estoit pas contesté) *ction de M.* qu'il ne faudroit que ce seul acte, pour conuaincre entierement les habitans, de *l'Abbé du .7* mauuaise foy & de persecution. *Juillet 1667.*

C'est neantmoins sur le seul fondement de ce pareage, & de la finance payée à ce Commissaire, qu'ils ont fait saisir les reuenus de la seigneurie de saint Tibery, & qu'ils ont entrepris de la faire perdre à l'Eglise ; ayant supposé que par la transa-ction faite en 1315. elle auoit esté engagée aux Abbez pour sept cens liures. Mais comme ils ont tousiours connu, que si cette affaire estoit iugée en connoissance de cause, toutes les suppositions qu'ils ont aduancées paroistroient, & qu'on fe-roit voir qu'ils ont eux-mémes dépoüillé en partie l'Eglise, & vsurpé la meilleure portion de la seigneurie ; ils ne pourroient pas éuiter d'estre condamnez comme des vassaux perfides, en de grandes amendes, & à la restitution des fruicts, auec dépens, dommages & interests. Ils n'ont iamais osé faire iuger la question prin-cipale, qui regarde la proprieté de la Seigneurie ; s'estant tousiours contentez de tenir vne partie des fruicts saisis, de iouyr de la meilleure partie qu'ils ont vsurpé, & d'en priuer les Abbez, ausquels ils ont caché ce qui s'estoit passé entr'eux & le sieur de saint Felix, en 1555. 56. & 1557. Ce qui n'a paru qu'au conseil de M. le Prince de Conty, & depuis au Conseil du Roy, où M. l'Abbé a demandé la cassa-tion de cette saisie, & la confirmation de l'Arrest rendu au Parlement de Tolose, le 18. Aoust 1632. qui a prononcé sur la seule question, qui regarde la proprieté de la seigneurie, qui estoit demeurée indecise, par le silence artificieux des habitans, qui s'estoient neantmoins obligez enuers Henry II. par les procedures qu'ils firent de son temps au Conseil, de faire prononcer sur ce differend, & de rappor-ter des preuues, que la seigneurie de saint Tibery auoit esté vsurpée sur le Do-maine de la Couronne ; ce qu'on les desie de faire voir, presentement qu'ils y sont plus obligez que iamais, puis qu'ils ont eux-mémes repris & renouuelé la demande qu'ils auoient portée au Conseil en 1555.

Troisiesme moyen pris de l'ordonnance de Fabry, Commissaire du Conseil, du quatre Mars 1557. & de la saisie des reuenus de la Seigneurie faite en consequence.

C'est vne ancienne maxime en matiere du Domaine du Roy, que lors que les possesseurs des heritages, que l'on soustient appartenir à la Couronne, ne repre-sentent pas d'abord les tiltres de leur possession, l'on commence ordinairement par la saisie, pour les obliger de faire les despenses des instances, ausquelles ils don-nent lieu par leurs fuites. Le retardement qu'ils portent à iustifier leur droict, fait presumer en quelque façon, qu'ils se méfient de leur cause ; & parce qu'il n'est pas iuste que le Prince, quand il entre en contestation auec ses Sujets, soit exposé à essuyer toutes les chicanes, qu'ils pratiquent ordinairement entr'eux : On a iugé à propos pour les retrancher, de les mettre en estat de souhaiter de voir prom-ptement la fin du procez, & de faire eux-mémes la despense de l'instruction.

Les Consuls de saint Tibery, dans les requestes qu'ils presenterent au Conseil en 1555. & 1557. soustenoient auec tant d'hardiesse, que les Abbez de saint Tibery auoient vsurpé la Seigneurie du lieu, sous pretexte d'vne finance de sept cens li-

E

ures qu'ils offroient de rembourfer , & demandoient fur ces fuppofitions auec
tant d'empreſſement, que les reuenus fuſſent ſaiſis, que le Conſeil ne fit point de
difficulté de l'ordonner : Sur tout, apres qu'il eut veu par quelque procedure, que
l'Abbé faiſoit des incidens, qu'on prenoit pour des fuites.

Le Commiſſaire executant l'ordre du Conſeil , ſaiſit le 4. Mars 1557. la ſeigneurie de ſaint Tibery, & les droicts & rentes qui en dépendent, commit aux Offices
de Iuſtice, & mit des Receueurs pour perceuoir les reuenus, pour les tenir ſous la
main du Roy, ſous la caution des Conſuls. *a*

a V. le pro-
cez verbal,
prod. de M.
l'Abbé, cotte
B.

fol. 59. v. 1.

Par la meſme Ordonnance , il renuoya les parties au Conſeil , ſuiuant l'ordre
qu'il en auoit eu, pour eſtre pourueu, tant ſur la queſtion, qui regarde la proprieté
de la Seigneurie, que ſur la main-leuée.

*Reſponſe au
Heⁱſieſme
moyẽ 11.*

Il n'y a point d'endroit en la cauſe , qui découure plus la malice des habitans de
ſaint Tibery, & le peu de fondement qu'ils ont eu, de vouloir faire paſſer leurs
Seigneurs pour des vſurpateurs, que ce qu'ils alleguent touchant la Sentence
renduë par le Commiſſaire, & la ſaiſie qu'il fit de la Seigneurie du lieu : car voyant
qu'ils n'ont point de preuue de tout ce qu'ils ont allegué au Conſeil, pour donner
lieu à cette ſaiſie, la plus injurieuſe qui fut iamais , & qu'ils ne la peuuent pas defendre par aucun acte, ils pretendent la ſouſtenir par elle meſme.

Ils auouënt tacitement qu'elle eſt injuſte, & ſans fondement dans ſon principe,
& veulent neantmoins qu'elle ſoit deuenuë legitime , par le temps qui s'eſt écoulé
depuis ; & adjouſtant à leur ordinaire vne fauſſeté à ce foible raiſonnement, ils
ſuppoſent que le Commiſſaire *b* adjugea la Seigneurie au Roy , & que la ſaiſie
n'eſtoit pas vne veritable ſaiſie, mais vne miſe de *c* poſſeſſion du Roy dans ſon
bien, parce qu'on ne rend pas ſequeſtre celuy qui pretend droict en la choſe : ce
fondement ainſi eſtably , ils diſent hardiment , que puis que trente ans ſuffiſent
pour rendre vne Sentence prouiſionnelle , diffinitiue ; celle de ce Commiſſaire,
qu'ils appellent tantoſt prouiſionnelle, & tantoſt diffinitiue, ne peut pas receuoir
d'atteinte, ayant eſté confirmée par le temps.

b V. le 2. ad-
uertiſſ. des
habitans, fol.
23. v.
c Ibid. fol. 15.
& 16. r.

Mais ſans s'engager dans l'examen de cette propoſition ; ſi vne Sentence renduë par prouiſion en faueur d'vn Seigneur dominant, contre vne Egliſe, ſur des
fauſſetez & des ſuppoſitions, pourroit paſſer pour diffinitiue apres trente années,
dont la pluſpart ſe ſeroient écoulées ſous des Abbez, auſquels on ne l'auroit
point dénoncé, & même durant les plus grands troubles de la Religion, ſi le tiltre
primordial eſtoit détruit par cette Sentence ; & ſans examiner auſſi , ſi vn Roy
Tres-Chreſtien voudroit tirer aduantage d'vn Iugement de cette qualité, contre
vne Egliſe de ſon Royaume, les droicts de laquelle il eſt obligé de proteger par
ſa ſeule qualité de Roy : Et ſi on ne peut pas rendre ſequeſtre vn Officier ou vn
autre Sujet, de celuy qui pretend auoir droict en la choſe, ce qui n'eſt pas difficile
à decider. C'eſt vne ſuppoſition dans le faict , d'auancer que Fabry adjugea la
Seigneurie au Roy , & qu'il n'ordonna pas ſimplement la ſaiſie.

Car outre qu'il n'auoit pas pouuoir de rien prononcer ſur les conteſtations des
parties, comme il ſe voit par toutes les Commiſſions du Conſeil, qui furent obte-
nuës par les habitans, & principalement par celle du 29. Ianuier 1557. en execution
de laquelle, Fabry ſe tranſporta ſur les lieux. La lecture de la Sentence & de tout
le procez verbal , qui fuſt fait en conſequence , iuſtifie qu'il ne fit que ſaiſir , *d* la
Iuſtice haute, moyenne & baſſe , & les autres droicts & deuoirs ſeigneuriaux de la
ville de ſaint Tibery, pour eſtre regis & gouuernez au nom du Roy, iuſques à ce
qu'autrement par ſa Majeſté & ſon Conſeil il y fut pourueu; ce qu'il exprime en
des termes ſi clairs, qu'il dit luy-même , *qu'en ſigne de e ſaiſie de la Iuſtice haute,
moyenne & baſſe ; il fit mettre & afficher les armes & panonceaux dudit Seigneur ſur la
porte de la Ville, mettant , par iceluy , f tous droicts ſeigneuriaux ſous la main dudit
Seigneur.*

d V. le pro-
cez verbal, f.
48. v. & 46.
dans la 2. pr.
cot. A.
e Ibid. fol. 48.
f Il ne dit pas
pour iceluy,
comme ſi la
ſeigneurie lui
eſtoit adiu-
gée; il dit par
iceluy, c'eſt à
dire par ſon
authorité.

On ne peut pas trouuer des marques plus certaines d'vne ſaiſie, que quand on
voit qu'vn Commiſſaire n'a pouuoir que de ſaiſir ; que les parties n'ont requis
qu'vne ſaiſie; qu'il dit luy-même en executant ſa Commiſſion, qu'il ſaiſit, & qu'en

figne de faifie, il fait mettre des panonceaux, qui onteſté touſiours de veritables demonſtrations de faifie, comme l'a remarqué Monſieur le Maiſtre dans ſon traité des criées, a ſur ces mots de l'Ordonnance, vn panonceau ; *c'eſt* (dit-il) a Chap. 11. *pour demontrer & faire cōnoiſtre à vn chacun que cette maiſon eſt faiſie, & miſe en la main du Roy par authorité de Iuſtice, à ce que perſonne ne s'ingere de iouïr & prendre les fruiſts, ni ait à troubler & empeſcher celui qui eſt eſtabli Commiſſaire par authorité de Iuſtice ; & n'eſt loiſible appoſer tels panonceaux & armes à vn heritage, ſinon par authorité de Iuſtice.*

Les Conſuls de ſaint Tibery, font ſi peu profeſſion de rapporter les actes comme ils ſont ; que pour trouuer la verité, on peut hardiment prendre touſiours le contraire de ce qu'ils aduancent: car s'ils parlent de la tranſaction de 1273. ils diſent que l'Abbé de ſaint Tibery demandoit qu'on luy rendit la Seigneurie, comme s'il ne la poſſedoit pas ? s'ils alleguent celle de 1315. ou le pareage ; ils ſouſtiennent hardiment que la Iuſtice haute, moyenne & baſſe, fut baillée à l'Abbé par le Commiſſaire du Roy pour ſept cens liures, & que ce fut le Commiſſaire qui l'aſſocia dans l'exercice de la Iuſtice; au lieu que les actes portent que l'Abbé en qualité de Iuſticier haut, moyen & bas, eſtoit en poſſeſſion de connoiſtre des appellations de ſes Iuges ; & que ce fuſt luy qui appella le Roy en pareage pour cinq ans, à l'egard de la Iuriſdiction criminelle ſeulement.

Mais comme ſeroient-ils fideles, quand ils rapportent les actes qui ne ſont pas faits auec eux, puis qu'ils ſont aſſez hardis de ſouſtenir le contraire de ce qu'ils ont eux-mémes fait, & de ce qui ſe voit dans leurs pieces.

L'on ne voit dans les Requeſtes qu'ils preſenterent au Conſeil en 1555. & 1557. qu'vne requiſition continuelle, que la ſeigneurie de ſaint Tibery fut ſaiſie ; & que pour faire droict ſur le fonds, *les parties fuſſent renuoyées au Conſeil, la ſaiſie tenant:* ce ſont les termes de la Requeſte du 25. Ianuier 1557. le Conſeil decerna des Ordonnances & des Commiſſions conformes à leur demande ; le Commiſſaire en executant la derniere, dit ſeulement qu'il ſaiſir, les habitans diſent neantmoins, qu'il ne ſaiſir point; mais que iugeant la queſtion principale, il adiugea la Seigneurie au Roy : En quoy il n'auroit pas fait ce qu'il pouuoit, & auroit fait ce qu'il ne pouuoit, ny ne deuoit pas faire : Ils ont recours à cette ſuppoſition, parce qu'ils croyent qu'vne Sentence diffinitiue ou prouiſionnelle qui eut iugé le fonds, donneroit quelque couleur à leur cauſe, & qu'elle eſt inſouſtenable, ſi la Seigneurie n'a point eſté adiugée au Roy, mais ſeulement ſaiſie.

Quatrieſme moyen pris du long temps ; que le Roy poſſede la ſeigneurie de ſaint Tibery, qui doit (diſent les habitans) operer la preſcription.

La Sentence de Fabry, Commiſſaire du Conſeil, du mois de Mars 1557. n'ayant point en effect adiugé la ſeigneurie de ſaint Tibery au Roy (car s'il l'eut fait, il auroit agy contre ſon pouuoir, & auroit plus fait que les parties n'auoient demandé) les habitans ſçachans cette verité auſſi bien que qui que ce ſoit, puis qu'elle eſt eſtablie dans la Sentence, & dans toute la procedure, qu'ils firent faire d'authorité du Conſeil, ſont en quelque façon obligez d'abandonner le moyen qu'ils ont eſtably ſur cette ſentence, lors qu'ils l'ont voulu faire paſſer pour vn Iugement ſolemnel, qui auoit decidé la queſtion de la proprieté de la ſeigneurie (ce qui n'a pourtant eſté fait que par l'Arreſt du Parlement de Toloſe du 18. Aouſt 1631. en faueur de l'Abbé) & de ſe renfermer (voyant que les tiltres & les actes leurs manquent) dans la ſeule poſſeſſion, à laquelle ils n'auroient pas eu recours auec tant d'empreſſement, s'ils auoient pû trouuer vn ſeul acte qui pût iuſtifier la perfidie qu'ils ont commiſe contre l'Egliſe & leurs Seigneurs, lors qu'ils leurs ont fait ſaiſir les droicts ſeigneuriaux, alleguans d'abord qu'ils auoient des preuues pour iuſtifier que les Abbez auoient vſurpé la ſeigneurie ſur le Domaine du Roy : Et quand il eſt queſtion de le montrer, apres plus d'vn ſiecle de delay qu'ils ont eu, pour chercher les actes & les preuues qu'ils deuoient auoir en main; quand ils se sont engagez de les rapporter, ils sont obligez d'aoüer qu'ils n'ont point de meilleur tiltre pour iustifier cette persecution, & ce vol fait à l'Eglise de saint Tibery, que le temps qu'ils l'ont fait durer, *tempus pro puritate prætendentes.*

Ils alleguent donc pour principal moyen, que le Roy a iouy des reuenus de la seigneurie depuis 1557. qu'ils ont esté saisis; que le Roy a pourueu aux Offices de Iustice, qu'il y a encore des Officiers qui ont des Prouisions de sa Majesté, & que cela suffit pour rendre la seigneurie domaniale; puis que par l'Ordonnance de Charles IX. du mois de Fevrier 1566. qui a esté renouuelée par Edict du mois d'Avril 1667. il est porté que le Domaine de la Couronne est entendu celuy qui est tenu & administré par les Receueurs & Officiers du Roy par l'espace de dix ans, & qui est entré en ligne de compte.

Réponse au 4. moyen.

C'est vn grand aduantage à M. l'Abbé de saint Tibery, d'auoir reduit ces habitans à aoüer en quelque façon, que c'est icy le principal moyen, sur lequel ils fondent toutes leurs esperances; parce que s'agissant d'vn bien sacré, qui n'a iamais esté du domaine, & qui a esté saisi à la requeste des vassaux, qui ont malicieusement desaduoüé leurs Seigneurs legitimes. Il ne craint pas qu'vn Roy Tres-Chrestien veüille tirer aduantage de la perfidie de ses vassaux, & augmenter son domaine aux dépens d'vne Eglise, en luy faisant perdre vne seigneurie, qui luy appartient par tant de tiltres authentiques, sous le seul pretexte qu'il s'est trouué des vassaux reuoltez, qui ont esté assez hardis de dépoüiller ceux mêmes les premiers leurs Seigneurs d'vne partie de leurs droicts, & pour authoriser leur entreprise, d'offrir le surplus au Roy, qu'ils ont voulu par là, rendre complice de leur vol.

Ce qui ne seruira qu'à attirer sur eux son indignation, & la seuerité de sa Iustice, quand il verra que l'Eglise de saint Tibery a esté dépoüillée (par son authorité) de ses reuenus, à la requeste de ses subjets, qui ont supposé au Conseil, que cette seigneurie estoit de l'ancien Domaine de la Couronne; & qu'estant presentement forcez d'en faire voir la preuue, ils n'en peuuent pas rapporter aucune, quoy qu'ils ayent fait priuer cette Eglise, & les pauures, d'vn reuenu qui leur appartenoit, qui leur doit estre restitué par les Consuls & habitans; puis qu'il n'y a qu'eux qui ont agy de mauuaise foy; qui ont procuré cette saisie; qui se sont obligez de rendre les choses saisies, à celuy qui gagnera sa cause au principal; & qui d'ailleurs ont profité de cette saisie, n'ayant pas payé depuis qu'elle a esté faite, beaucoup de rentes qu'ils doiuent à leurs Seigneurs. Ce qu'il est aisé de iuger, en comparant les nouuelles reconnoissances faites au Roy en fraude de leur Seigneur legitime, depuis la saisie de la seigneurie, auec le papier terrier, ou leuoir du mois de Iuin 1545. & les anciennes reconnoissances de 1510. & 1513. dont il sera parlé ailleurs plus au long.

Mais outre les considerations generales, qui seront asseurément tres-fortes dans le Conseil d'vn Roy, qui est le Fils aisné de l'Eglise; l'on est obligé pour ne rien obmettre, de faire voir plus particulierement, que la prescription ne peut point estre opposée en cette cause à M. l'Abbé de saint Tibery, que par des habitans reuoltez, qui cherchent aueuglément & contre la raison, dans la legereté du temps, des moyens pour authoriser vne entreprise, qu'ils aoüent en cela estre tout à fait criminelle dans son principe, ou par des gens iniustes, qui n'ont point de conscience, & qui ignorent les veritables maximes, sur lesquelles les Roys Chrestiens entendent qu'on defendent leurs interests.

Ceux qui ont quelque connoissance de la nature, & des conditions de la prescription, & qui ne la font pas consister comme les ignorans dans le seul laps du temps (qui ne peut seruir de tiltre qu'en fort peu de cas, & à l'égard de quelques personnes seulement) croiront facilement auec Iustinien, qu'elle est odieuse d'elle même; parce que c'est vne espece d'vsurpation, fondée sur le dommage d'autruy, & qu'elle ne purge pas le vice de ceux qui en vsent & qui l'alleguent,

a *Auth. vt vel* que cet Empereur appelle injustes, *iniquos homines,* & la prescription a *impium*
Rom. Collat. 1. præsidium, & impiam temporis allegationem. Car parlant de ceux qui detiennent

iniustement

injuſtement les biens de l'Egliſe, & qui n'alleguent pour excuſe que le long temps de la detention, & la preſcription : Il ordonne que le temps ne leur puiſſe pas ſeruir, *nec iniquis hominibus, impium remaneat præſidium, tutus peccandi locus, etiam ſcientibus relinquatur* ; (ce qui conuient aux Habitans de ſaint Tibery qui ſçauent que la Seigneurie appartient aux Abbez, les ayans reconnus pour leurs Seigneurs pendant pluſieurs ſiecles) *ſed ille ſeruetur innocens, qui re vera innoxius ſit, nec improba temporis allegatione ſeſe tueatur, tempus pro puritate prætendens.*

La preſcription n'eſt pas ſimplement vne accumulation d'années en la perſonne d'vn detempteur d'vn droit ou d'vn heritage, c'eſt vne augmentation ou accroiſſe-ment de droict, que le temps (qui d'ailleurs n'opere rien de ſoy) donne à celuy qui en a vn commencement & vne premiere cauſe : ce qui ne ſe fait pas meſme par la ſeule autorité du temps, mais par celle des loix ; c'eſt ce que le Iuriſconſulte Modeſtinus a remarqué en peu de paroles, dans la diffinition qu'il a faite, *vſu-capio*, dit-il, *eſt adjectio dominii, per continuationem poſſeſſionis temporis lege definiti.* Sur laquelle vn ſçauant juriſconſulte de Toloſe a fait cette ſage obſeruation, *Ad-jectio à dominii, demonſtrat ius fuiſſe aliquod vſucapiëti ante poſſeſſionem continuatam, ſed non perfectè : nam ſi præſcribens ſeu poſſeſſionem continuans, nullum ante continuationem poſſeſſionis habuerit ius, nullumue titulum, nullo tempore præſcribit & ſic,* adjoûte-il, ſur le fondement de la loy, *ſi quis empt. cap. de præſc. t. 30. v. 40. ann. finitio tria explicat implicitè, quod Caſtrenſis ſua finitione voluit ſuplere, titulum, bonam fidem, & poſſeſſionem.* a Greg Thol. l. 40. ch. p. de actionib.

Or le Roy ny les Habitans n'ont de leur part en cette cauſe, ny titre, ny bonne foy, ny meſme la poſſeſſion requiſe pour operer la preſcription.

Car à l'égard du titre, l'on n'en ſçauroit raporter aucun qui donne au Roy la Sei-gneurie de ſaint Tibery ; la ceſſion d'Amaury de Montfort de 1223. ny l'abandon-nement des droicts que Raimond Trincauel pouuoit auoir (s'il en auoit aucun) ſur les Vicomtes de Beziers & de Carcaſſonne, & autres droits paternels ou maternels, que les Habitans ont allegué pour le titre primordial du Roy, non ſeulement à l'égard de la Seigneurie de ſaint Tibery, mais encore des autres domaines du Lan-guedoc, ne peuuent pas ſeruir pour eſtablir leurs pretentions ; puis qu'il eſt iuſtifié que la Seigneurie de ſaint Tibery appartenoit aux Abbez long temps auant la conqueſte de Simon de Montfort, & que le Vicomte de Beziers n'auoit en ce lieu que la leude-mage, dont ce conquerant *b* ioüit, apres la confiſcation des biens de ce Prince, & nos Rois depuis, en conſequence de la ceſſion de 1223. b V. l'enqueſte de 1272. fol. 9. témoins 16.

Car de dire comme font les habitans, que pour eſtablir le droict du Roy il n'a be-ſoin *que des auantages que le droict commun lui donne, à raiſon de ſon Sceptre & de ſa Couronne, au moyen deſquels il eſt fondé de droict en la proprieté de toute Iuſtice haute, moyenne & baſſe par tout ſon Royaume, & à meſme temps auſſi en la Seigneurie feodale;* c'eſt vn foible argument dans cette rencontre, auſſi-bien que dans pluſieurs autres; & l'on peut dire que pour trop prouuer il ne prouue rien du tout. dans la prod. derniere de M. l'Abbé du 7 Iuillet 1667.

On demeure d'acord de cette maxime, que les Habitans ont tiré de *c* Bacquet, que le Roy ſeul eſt fondé de droict commun en toute juſtice haute, moyenne & baſſe, par tout ſon Royaume : mais cela ne prouue pas que la Seigneurie de ſaint Tibery ſoit de l'ancien Domaine de la Couronne ; puis que les Abbez en iouïſ-ſoient, auant que nos Rois ayent eû du domaine en Languedoc, qu'ils n'ont ac-quis (comme les Habitans le diſent eux meſmes) que par la ceſſion de 1223. c Au traité des droicts de Iuſtice, ch. 4.

Et meſme le Roy ne pretend pas ſur ce fondement depoſſeder les Seigneurs particuliers de leurs Terres, ny leur oſter les Iuſtices dont ils ioüiſſent en vertu de titres particuliers, ou de temps immemorial, comme le prouue le meſme Bac-quet, *d* qui dit, *qu'on peut verifier le droict de Iuſtice ſoit haute, moyenne ou baſſe, non ſeulement par écrit, mais encore par témoins,* comme il fut fait, à l'égard de la haute Iuſtice de ſaint Tiberi, auant la tranſaction de 1273. lors que les Officiers du Roy pretendoient que l'Abbé la poſſedoit par engagement, à cauſe d'vne ſomme qu'ils ſupoſoient qu'vn Abbé auoit preſté à vn Vicomte de Beziers ; ce qu'ils ne purent pas iuſtifier, quoy que pour en auoir quelque preuue ils euſſent ordonné d Ibid. ch. 5. n. 3.

F

qu'il en feroit fait vne enquefte par témoins.

Car l'vfage de prouuer par témoins les pretentions que le Roy a contre les particuliers, ou que les particuliers ont contre lui, eft fort ancien. L'on en void vn
exemple celebre dans vn Arreft *a* du Parlement de Paris de l'an 1277. donné
dans vne caufe de regale entre le Roy & l'Archeuefque de Bourges. L'Archeuefque fouftenoit, que fon Eglife eftoit exempte de regale ; les Officiers du Roy
pretendoient au contraire, que fa Majefté & fes predeceffeurs eftoient en poffeffion de conferer les Benefices pendant la vacance du Siege. Il fut fait vne enquefte, en confequence de laquelle l'Archeuefque fut maintenu au droict de
conferer les benefices qui auoient vaqué, *Sede Bituricenfi vacante, tandem vifa*
quadam inquefta, dit l'Arreft, *de mandato noftro, fuper hoc, facta, fuper præmiffis*
dictum fait per curiæ noftræ iudicium, cum non conftaret de poffeffione noftra, ante collatio-
nes prædictas, dictum Archiepifcopum remanere debere in poffeffione conferendi beneficia
antedicta, & effe reftituendum ad poffeffionem antedictam.

a Raporté
par Chopin,
l. 2. du Do-
maine, tit. 9
n. 5.

Il auoit efté rendu vn autre Arreft au mefme Parlement de Paris en 1258. touchant la regale de l'Euefché du Puy, en confequence d'vne enquefte qui fut faite,
pour fçauoir en quoy confiftoit le droit du Roy dans cette Eglife, *inquefta facta*
fuper iure regalium. Et depuis le mefme Parlement jugea fur vne enquefte vne
femblable queftion de regale en 1309. pour l'Euefché de Clermont en Auuer-
gne, *tandem b vifa quadam inquefta de noftro mandato fuper præmiffis facta.*

b Chop. l. 2.
du dom. tit. 9
n. 6.

L'on a mauuaife grace, apres l'enquefte qui fut faite auant la tranfaction de
1273. & tant d'actes & d'Arrefts, qui iuftifient que la Seigneurie de S. Tiberi appartient à l'Abbaye du lieu, de vouloir prefentement eftablir le droict du Roy,
fur fa feule qualité de Roy, comme fi elle le deuoit rendre proprietaire de tous
les biens de fon Royaume, dans la poffeffion defquels il eft obligé de garder les
particuliers ; puis que, fuiuant la penfée de Seneque, le Prince fe doit contenter
de poffeder les biens de fon Eftat par puiffance & par fouuerainete, fans en affe-
cter la proprieté particuliere, *ad Regem c enim poteftas omnium pertinet, ad fingulas*
proprietas.

c Senera lib. 7.
de benefic. c, 4.

Nos Rois ont tousjours fait gloire de foufmettre leur Majefté à celle des Loix
& de la Iuftice, & n'ont pas accoutumé d'employer, quand les titres & les raifons
leurs manquent, leur authorité dans les affaires ciuiles ; ny d'obliger les Iuges à
rendre leur puiffance Royale victorieufe, mais la raifon & la juftice, *d* pour la
confervation de laquelle ils fouffrent que ceux qui leurs doiuent toutes fortes
de refpect & d'obeiffance, s'oppofent à eux & leurs contredifent, *pro æquitate fer-*
uanda e & nobis patimur contradici, cui etiam oportet obediri.

d Non queras
de poteftate
noftra fed po-
tius de iure vi-
ctorias Caff. l.
1. variar. c. 21.
e Caff. lib. 7.
variar. c. 5.

Il faut donc que les Habitans, pour rendre le Roy proprietaire de la Seigneurie
de S.Tibery, qu'on iuftifie appartenir à l'Abbaye par vne poffeffion & des titres
legitimes, raportent vn autre titre que fon Sceptre & fa Couronne, parce que l'autorité Royale ne détruit pas les titres, ny la poffeffion des Subjets, elle ne fouffre
point de diminution, quand elle conferue aux particuliers leur patrimoine, qu'elle
repute encore plus fiens, quand ils font dans la poffeffion de leurs Subjets, *fi quid*
contra f repereris quietos dominos habere patiaris, quia magis illa noftra funt patrimonia,
quæ à fubiectis legitime poffidentur.

f Caff. lib. 5.
variar. cap. 5.

C'eft faire tort à la Iuftice & à la generofité du Roy de pretendre qu'il veulle
combattre le droict d'vne Abbaye par fa feule qualité de Roy : Ce n'eft pas dans
les caufes ciuiles que les grands Rois font éclater leur puiffance & leur fouuerai-
neté, c'eft dans les hautes entreprifes de la guerre ; car comme ils font confifter
leur gloire à eftre tousjours victorieux de leurs ennemis, ils prennent auffi plaifir
d'eftre vaincus par leurs Subjets, pour conferuer les regles de l'équité. *Patimur*
g fuperari falua æquitate per leges, vt inter arma femper poffimus effe victores, nam quem
libenter fubjectus fuperat, non debellat aduerfus.

g Caff. lib. 4.
variar. cap. 32.

Il ne faut donc pas que les Habitans pretendent pouuoir combattre legitimement les droicts d'vne Eglife, en luy oppofant la fouuerainete du Roy ; ils doiuent
raporter des titres, puis qu'ils s'y font obligez, quand ils ont attaqué leur Sei-

gneur en 1555. auquel temps ils ne pouuoient pas alleguer la longue possession ny la prescription, laquelle ne se pouuant pas acquerir sans vn titre capable de transferer la proprieté, comme il a esté montré, le Roy n'en ayant aucun, la pretention des Habitans & du Fermier du Domaine est insoustenable.

Or les Habitans ne pouuant pas raporter aucun titre sur lequel ils puissent establir le droict du Roy sur la seigneurie de saint Tibery, il est visible qu'ils n'ont pas deû la faire saisir, & que la possession qu'ils alleguent n'est point reuestuë de la bonne foy qui est necessaire pour fonder la prescription.

La bonne foy dans la possession suppose vne connoissance certaine, que la chose qu'on possede appartient à celuy qui la possede, & vn titre legitime: il faut mesme pour acquerir la prescription qu'il en ioüisse comme maistre de la chose; car s'il n'en ioüit que comme Engagiste, depositaire, saisissant, ou par precaire, il ne peut iamais deuenir le maistre de la chose, ny la prescrire; parce qu'il ne la possede que pour autruy, & que celuy qui possede pour autruy ne prescrit iamais. *Possidens rem vt alienam, numquam a præscribit.* Ce que les Empereurs Diocletian & Maximian ont expressément decidé à l'egard d'vn vsufructuaire dans la loy 8. *a* du Code *de vsufructu, &c.* en ces termes, *neque fructuarium ad obtinendam proprietatem rerum, quarum vsufructum habet, neque successores eius, vlla temporis ex ea causa tenentes præscriptie munit.*

a L. fin. ff. quē-adm. seruite amit. & l. qui iure famil. de acq. poss. lib. 41. 2.

Aussi les Habitans voyant que la Seigneurie de saint Tibery n'a esté possedée qu'en vertu d'vne saisie, ont tâché de deguiser ce fait, ayant suposé qu'elle auoit esté adjugée au Roy par l'ordonnance de Fabry du mois de Mars 1557. parce qu'ils sçauent qu'ils ne peuuent pas raporter d'autre cause de la possession qu'vne saisie; & que la possession d'vn saisissant ne peut iamais operer la prescription, le sequestre ou le saisissant, ne pouuant pas mesme faire les fruits siens, ny par consequent acquerir la proprieté de la chose saisie, dautant qu'il ne possede point proprement, ne possedant pas comme maistre de la chose; puis qu'il la doit restituer; *aliud est enim possidere, b longe aliud in possessione esse,* comme aussi, *aliud est capere c aliud accipere. Capere, cum effectu accipitur. Accipere, & si quis non accepit vt habeat. Ideoque non videtur quis capere, quod erit restituturus.* Ce qui fait qu'vn saisissant ne peut pas prescrire, parce que *non vsucapit* estant obligé de restituer les fruits qu'il reçoit.

b L. 10. §. 1. ff. de acquir. vel amit. poss. c L. 71 §. de verborum sig.

Il ne peut pas non plus changer la cause de sa possession, suiuant le sentiment des Empereurs Diocletian & Maximian, *cum nemo causam d suæ possessionis mutare possit*; de sorte qu'il est inutile d'alleguer la possession, quand le titre primordial montre qu'elle est vicieuse, ou qu'elle est pour autruy, auquel cas, il est plus auantageux à ceux qui possedent de cacher le titre que de le faire paroistre. *Dautant que la possession du fonds & heritage,* dit Chopin, *est e restrainte par le premier titre du contract, duquel il prend force, & explication. Dauantage,* adjoute cet Auteur, *Si le Seigneur de fief ayant procedé par saisie feodale sur le fief tenu & mouuant de luy, a tenu, iouy, & exploicté iceluy, mesme par temps centenaire, n'est point receuable en sa demande, bien qu'il se fonde sur la prescription de la propriété, mais apres auoir leu les lettres de la saisie feodale, il doit estre incontinent declaré non-receuable, nonobstant les defenses & exceptions de la longue possession.*

d L. 5. c. de acq. reti poss.

e L. 2. tit. 3. n. 5. du Dom.

Mais outre ces raisons prises de la cause de la possession, qui empesche la prescription, il y en a encore deux autres principales, qui sont sans replique, l'vne se prend de la qualité de la chose possedée, & l'autre de la personne qui possede.

Tous les sçauans conuiennent qu'il y a des choses qui ne sont pas subjetes à la prescription, entre lesquelles, les sacrées tiennent le premier rang. Ce qui auoit esté volé estoit aussi d'vne pareille condition, On le pouuoit tousjours retirer des mains de ceux qui le possedoient, suiuant la loy *Attalia,* ou *Attinia,* raportée par Aule-gelle *f* en ces termes, *quod subreptum erit, eius rei æterna auctoritas esto.*

f Gelle noct. art. l. 17. chap. 7.

La Seigneurie de saint Tibery estant consacrée pour l'Eglise & pour les pauures, ne peut pas estre prescripte, ny par les Habitans, qui ont volé ou vsurpé vne partie des droicts de leur Seigneur, ny par le Roy, qui n'eſt que ſaiſiſſant, & qui n'a point de titre ny de poſſeſſion qui puiſſe transferer la proprieté, lequel eſtant dailleurs deuenu Seigneur dominant en vertu de la transaction de 1273. il a adjoûté à ſa premiere qualité de ſouuerain, vne ſeconde, qui l'oblige à conſeruer plus étroitement tous les droicts d'vne Seigneurie qui releue de luy.

Cette transaction qui a fait paſſer la Seigneurie de ſaint Tibery, qui eſtoit auparauant poſſedée ſans aucune redeuance, en vn fief ordinaire, exige vne foy reciproque entre le Roy, qui eſt deuenu Seigneur dominant, & l'Abbé qui a eſté fait ſon vaſſal.

Le vaſſal, ſuiuant la loy des fiefs, eſt éternellement obligé de garder la foy à ſon Seigneur, contre laquelle il ne peut iamais alleguer de preſcription, non pas meſme la centenaire. Le Seigneur eſt auſſi tenu de ſa part, dit *a* Loiſeau, *de conſeruer ſon vaſſal en ſon fief, à cauſe du mutuel deuoir & foy reciproque qu'ils ont l'vn à l'autre de ſe defendre & maintenir.* Leur obligation eſt en cela entierement ſemblable, *æqualis eſt fidei inter dominum & vaſſallum relatio.*

Ils ſont attachez par vn commun lien, qui fait entr'eux vn eſpece de mariage. Car c'eſt à cauſe de la fidelité mutuelle qu'on les appelle dans les liures des fiefs *coniuges & conſortes.* Le Seigneur & le Vaſſal par les actes de foy & hommage, qui ſont comme des contracts de mariage, font profeſſion expreſſe de la conſeruer inuiolablement. Celuy qui reçoit la foy & hommage ne s'oblige pas moins que celuy qui la donné. Ce ſont ordinairement les termes auec leſquels celuy auquel on fait hommage répond à ſon vaſſal, apres qu'il a receu ſon ſerment, *promitto b tibi tuiſque hæredibus ac ſucceſſoribus, quod ero bonus dominus & fidelis.* Ou bien apres que le vaſſal a fait l'hommage, & qu'il a promis fidelité à ſon Seigneur, en ces mots, qui ſe voyent dans vn hommage fait à Simon de Montfort en 1215. par vn Comte de Foix & d'Armagnac, *promittimus firmiter bona fide & ſine malo ingenio, quod vobis & hæredibus veſtris, ego & hæredes mei erimus fideles vaſſalli, & ſeruabimus pro toto poſſe noſtro corpus veſtrum, vitam, & membra, & terram, & honorem, & omnia iura veſtra.* Et le Seigneur répond & s'oblige auſſi de ſa part, à conſeruer la terre de ſon vaſſal, & luy eſtre fidele Seigneur, *& ego n. concedo vobis n. & hæredibus veſtris in feudum & homagium,* il marque icy les terres qui appartiennent au vaſſal dont il reçoit l'hommage. *Recipimus vos in homagium, & promittimus vobis firmiter quod ero bonus dominus & fidelis, & quod omnia iura veſtra, ſicut bonus dominus debet facere bono vaſſallo ſuo pro poſſe meo, bona fide protegam & defendam.*

Cet engagement mutuel, par lequel le vaſſal s'oblige à chaque mutation, de conſeruer le corps, la vie & les biens de ſon Seigneur dominant, & le Seigneur celuy de ſon vaſſal (en quoy conſiſte principalement la nature du fief) fait qu'il n'y peut auoir iamais de preſcription entre eux à cet égard, & que la poſſeſſion de l'vn conſerue le droict de l'autre.

Or par la transaction faite entre le Roy & l'Abbé de ſaint Tibery en 1273. la Seigneurie du lieu ayant eſté erigée en fief ordinaire; & les Abbez ſucceſſeurs ayant touſjours fait la foy & *d* hommage, & payé la redeuance *e* portée par cette transaction auant & apres la ſaiſie de 1557. Il eſt euident que nos Rois ſont touſjours demeurez dans l'obligation contractée par cette transaction, laquelle a eſté renouuellée à chaque mutation d'Abbé, par la foy & hommage; & que c'eſt leur faire injure de les croire capables de manquer à la foy qu'ils doiuent à leurs vaſſaux, quand on ſouſtient qu'au lieu de leur conſeruer leurs terres, comme des Seigneurs pleins d'honneur & de fidelité, ils ſont en eſtat de la leur rauir, ſous pretexte d'vne ſaiſie faite à la requeſte des vaſſaux ingrats & rebelles; & du temps qu'elle a duré; ce qui eſt vne eſpece de blaſpheme.

C'eſt auſſi à cauſe de cette foy mutuelle qu'il fut ſtipulé dans la transaction de 1273. que la Seigneurie ne pouuoit iamais tomber en commiſe, faute de payement de la redeuance de l'Autour ou des 50. ſ. laquelle clauſe eſtoit meſme inutile; par ce que c'eſt la nature des fiefs, qu'ils ne ſe perdent pas faute de rendre le ſeruice, & de payer les droicts *propter enim ceſſationem ſeruitii præſtandi feudum non amittitur.*

Aquoy

a Au traité des off. her. ch. 2. & 60.

b V. l'homage fait par Bernard Atton Comte de Carcaſonne à l'Abbé de la Grace en 1110. dans le regiſtre cum Franciæ.

c Ibidem.

d V. les hommages des années 1404. 1429. & 1522. dans la 2. pr. de M. l'Abbé cotte A.

e Vide ibidem les comptes de 1394. 95. 96. & 1367. les quitances depuis 1350. iuſques en 1421. celles depuis 1616. iuſques en 1626. celles de 1651. 52. 53. & 1654. encore dans la derniere prod. de M. l'Abbé du 7 Ianuier 1667. V. les comptes de 1550. 58. 65. 91. & 1603. qui ſont deuant & apres la ſaiſie de 1557.

A quoy les Habitans de saint Tibery n'ont pas pris garde, quand ils ont dit que cette clause estoit nulle, parce qu'elle choque le droiƈt public, auquel neantmoins elle est tout à fait conforme. Car, où elle regarde le Roy (omme ils le disent, quand ils soustiennent qu'elle n'a esté faite qu'en sa faueur) auquel cas il est contre le sens commun de pretendre qu'elle est nulle, comme si vn vassal ne pouuoit. pas stipuler auec le Roy, qu'il luy sera tousiours fidele, & qu'il ne pourra iamais luy opposer de prescription, soit à l'égard de la fidelité, soit à l'égard du seruice & du payement des redeuances seigneuriales? Quand vn vassal, ou suiet du Roy fait cette promesse, il ne fait rien à quoy il ne soit tenu, & ses successeurs à perpetuité. C'est vn espece de crime d'Estat de soustenir le contraire.

Que si la clause de la transaction n'a esté adjoustée qu'en faueur du vassal, il est aussi certain qu'elle est conforme au droiƈt & à la condition des fiefs; puis que le Seigneur est également obligé à garder la foy à son vassal. *Dominus enim* (disent les liures des Fiefs) *victori fideli suo reddere debet, quo ad fidelitatem.* Ce qui l'oblige à conseruer son fief & à le proteger; à quoy il manquéroit, s'il tenoit la main à la perfidie des suiets reuoltez contre leurs Seigneurs; contre lesquels il doit prendre le party du vassal, pour les remettre dans leur deuoir; car autrement, s'il se rangeoit de leur party, il seroit infidele, & meriteroit de perdre la mouuance, comme vn vassal son fief, s'il manquoit de foy à son Seigneur, dans vne pareille rencontre.

Ces habitans se sont trompez, quand ils ont creu qu'on ne pouuoit pas stipuler vne renonciation à la prescription; & sur tout quand on traite auec le Roy, sur vn suiet qui est de soy imprescriptible; puis que si cela se peut faire par vne loy municipale, comme dit Chassanée sur la Coustume de Bourgongne. *Lex municipalis siue statutum potest hoc facere.* A plus forte raison quand le Souuerain, qui est la source de toutes les loix, fait luy-même la renonciation. Car puis qu'il releue tous les iours ses suiets de la prescription à l'égard du passé, il le peut faire pour l'aduenir.

La prescription ayant esté introduite par le droiƈt ciuil, qui reside en la personne du Souuerain, il la peut restraindre, ou y renoncer quand il veut.

Mais il n'a rien fait d'extraordinaire dans cette transaction, puis que par le droiƈt commun des Fiefs, le Seigneur & le vassal sont tousiours obligez à vne foy reciproque, qui ne peut iamais estre prescrite; estant même inutile de stipuler vne renonciation à la prescription, dans vn suiet qui n'en est pas capable. Non plus qu'il n'est pas necessaire de stipuler dans vn contraƈt de mariage, que le mary & la femme ne pourront iamais prescrire contre leur deuoir, & la fidelité à laquelle se sacré lien les oblige, soit pour la conseruation de leurs personnes, soit pour leur honneur, ou pour leur bien.

L'on peut même soustenir contre Barthole, qui a creu qu'on ne pouuoit pas stipuler entre particuliers, que la prescription n'auroit iamais lieu, parce qu'elle a esté introduite pour le bien public, auquel les particuliers ne peuuent pas renoncer, & en haine de ceux qui negligent de conseruer leur bien, *contra desides homines*, que cette stipulation est legitime, & qu'elle empesche la prescription entre ceux qui ont contraƈté, à l'égard desquels la raison de la loy cesse, estans tousiours certains de leur conuention; chacun pouuant d'ailleurs renoncer aux loix qui ont esté introduites pour le bien public, en ce qu'elles luy sont fauorables, & en ce qui regarde son interest particulier, suiuant le sentiment d'vn celebre Iurisconsulte, qui a refuté l'opinion de Barthole. a *Ego autem arbitror* (dit-il) *paƈtum quidem ne liceat alicui contrahenti præscribere, valere & impedire ratione promittentis præscriptionem, quia quòd pertinet ad patiscentem, dominium incertum dici non potest, cum is sciat vel scire possit semper alteri reseruari paƈto, & quamuis leges bono publico latæ sint, nemo tamen ambigit illis renunciari posse à nobis, in quantum in nostrum fauorem facere videntur. Ergo & vsu capionibus quas implere possemus, in quantum nostra interest, non in quantum publicè interest.* ^(a Greg. Tolos. p.3. de actionibus, l. 40. c. 2.)

Mais quand il seroit question en cette cause d'vne matiere qui pourroit estre suiette à la prescription, & que la seigneurie de saint Tibery, dont il s'agit, auroit

G

a V. 1. prod. de M. l'Abbé. cotte A, la cō-trainte du Re-ceueur du do-maine de 1601

b Ibid. lefquit. depuis 1550. iufques en 1421. Item, cel-les depuis 1616 iufques en 1616. Itē, cel-les de 1651. 52. 53. & 1654.

c V. la dernie-re prod. de M. l'Abbé du 7 Juillet 1667. les cōptes rē-dus en 1551. 58. 65. 91. & 1603.

d Ibid. la De-clarat. du Roy en faueur du Clergé 1657.

e V. la 2. prod. de M. l'Abbé, cotte C, atte-ftatiō des ha-bitans de S. Tibery.

f Ibid. l'inuē-taire des reli-quaires & ar-genteries.

g Ibid. l'ordō-nance de M. de Cruffol.

h Dans la der-niere prod. de M. l'Abbé du 1667. Bulles de M. Boyer Abbé.

i Ibid. vente du temporel.

k V. 2. pr. de M l'Abbé, cotte D, quitt. de 1589 certificat de 1590. quitt. de l'œconome 1593. lettre de M. de Mōt-morécy, pour faire & renter l'Abbaye à fon profit.

J Ib. breuet de Iulle de Mōt-morency.

m Ib. le même breuet.

efté poffedée en vertu d'vn autre tiltre, que d'vne faifie qui empefche de foy la prefcription, *etiam per mille annos*. Il ne feroit pas difficile de montrer, qu'on ne pourroit point oppofer la prefcription, non feulement, parce que depuis la faifie, les Abbez ont conferué leur droict, par l'execution continuelle de la tranfaction de 1273. ayant toufiours payé l'albergue de cinquante fols, la plufpart du temps à la pourfuite *a* même des Officiers du Roy, comme il paroift par les *b* quittances des Receueurs du Domaine, & des comptes *c* qu'ils ont rendus depuis 1558. iuf-ques en 1654. Et que par vne Declaration *d* expreffe de 1657. il eft porté qu'on ne pourra alleguer de prefcription contre les Ecclefiaftiques, *fi elle n'eft accom-plie auant le temps des troubles de 1561.* fuiuant les Ordonnances fur ce faites, & particulierement fuiuant l'Edict de Melun. Mais encore parce qu'il eft iuftifié que l'Eglife de faint Tibery, & la plufpart de fes tiltres furent bruflez *e* en 1572. fes vafes facrez pris par les *f* habitans mêmes, & vendus *g* par l'ordre de M. de Cruffol, pour payer la garnifon qu'il tenoit dans le Clocher de cette Eglife, pour le party de ceux de la R. P. R. M. l'Abbé n'ayant recouuert le peu d'actes qu'il rapporte, qu'apres vne longue recherche, & beaucoup de dépenfe. Que cette Eglife a demeuré long-temps fans Pafteur, durant & apres les guèrres de la Re-ligion; pendant lequel, l'Eglife de faint Tibery fut plus mal traitée qu'aucune de la Prouince; lequel temps des troubles, doit eftre femblablement compté, fui-uant l'article 26. de l'Edict de Melun, depuis 1561. iufques au mois de Ianuier ou de Mars 1580. pendant tout ce temps, & même iufques en 1603. que le fieur Boyer fut *h* pourueu de l'Abbaye par le deceds du fieur de Flauin, qui viuoit en *i* 1576. l'Eglife de faint Tibery fut fans Abbé, n'y en ayant point eu depuis le fieur de Flauin iufques à luy. Le reuenu eftoit poffedé fans tiltre par M. le Connestable de *k* Montmorency; ce qui eftoit vn abus ordinaire de ce fiecle de defordre; du-rant lequel la plufpart des grands Seigneurs iouyffoient des Benefices dans la Prouince du Languedoc; foit par bien-féance, foit fur de fimples breuets, comme faifoit M. de Montmorency cette Abbaye, fur le breuet *l* du Roy donné en fa faueur à Iulle de Montmorency fon fils naturel, qui n'obtint iamais des Bulles, non plus que d'Arles, *m* qui eft nommé dans le breuet.

Or le temps des troubles & de la vacance de cette Abbaye, ne deuant pas eftre compté. Il ne refteroit que vingt-huict ans ou enuiron d'vtiles pour acque-rir la prefcription; au lieu qu'il en faut quarante contre vne Eglife, comme il eft aifé de le iuger, en comptant tout le temps qui s'eft paffé depuis la faifie, qui fuft faite fur la fin de l'année 1557. iufques au mois de Feurier 1627. auquel temps le fieur Boyer fit donner l'affignation, pour eftre maintenu en la proprieté de la Sei-gneurie; ce qui fait foixante & dix ans ou enuiron; defquels on ne pourroit compter pour la prefcription que les années 1558. 1559. & 1560. auec ce qui reftoit du mois de Mars de 1557. la guerre ayant commencé en 1561. & finy fuiuant l'Edict de Melun en 1580. auquel temps il n'y auoit point d'Abbé, n'y en ayant eu depuis qu'en 1604. que le fieur Boyer prit poffeffion de l'Abbaye iufques en 1627. qui font en tout vingt-huict ans au plus, en oftant les fuiuantes, fçauoir *primo*, depuis 1561. iufques en 1580. qui font dix-neuf ans.

Secundo, Depuis 1580. iufques en 1604. que dura la vaccance de l'Abbaye, ou les nouuelles guerres, ce qui fait vingt-trois ans; lefquels adjouftés aux dix-neuf an-nées de la guerre font quarante-deux ans, qu'il faut rabatre de foixante & dix, qui s'eftoient paffez depuis la faifie de la feigneurie de faint Tibery, faite le 4. Mars 1557. iufques à l'affignation donnée à la requefte du fieur Boyer au mois de Feurier 1627. fans compter ce qui s'eftoit paffé dans cet interuale de temps, qui pourroit empefcher la prefcription; comme l'ordonnance de M. le Connestable du 7. Septembre 1588. par laquelle il fit defenfe à vn Religieux, de prendre les lots & ventes (dont il auoit neantmoins defia dōné quittance) & de rien faire au preiu-dice de la faifie, & de l'inftance pendante au Confeil, en confequence du renuoy de 1557. laquelle ordonnance fut fuiuie des Lettres du grand Sceau du 2. Iuin 1589. portant de pareilles defenfes, à caufe du même renuoy, & de l'inftance qui eftoit indecife au Confeil, fur laquelle les Habitans de faint Tibery ont encore fondé leur demande en caffation de l'Arreft du Parlement de Tolofe du 18. Aouft 1632. lequel n'a prononcé que fur la proprieté de la Seigneurie, & non pas fur la faifie faite en 1557. qui n'a efté iugée que par l'Arreft du Confeil du 11. Aouft 1666. Ce qui feul feroit plus que fuffifant pour empefcher la prefcription. Quand d'ailleurs on n'auroit pas fait voir, que le Roy, eftant Souuerain, Seigneur dominant, & faififfant, ne peut iamais prefcrire vn bien facré, qui a efté faifi fans aucun fuiet fur l'Eglife, par la perfidie de fes vaffaux.

On ne doit donc pas oppofer à l'Abbaye de faint Tibery la longue iouyffance du temporel, puis qu'elle n'a pour principe qu'vne faifie, & vne ordonnance qui oblige de tenir les fruicts fous la main du Roy, pour les rendre à qui il fera ordonné, ce qui empefche toute forte de prefcription. C'eft ce que les Receueurs du Domaine ont fouuent indiqué, lors que dans leur comptes, portant recepte des fruicts feigneuriaux de cette Abbaye, ils marquoient expreffement qu'il y auoit inftance au Confeil auec le Roy, pour raifon de la Seigneurie, ce qui feroit feul fuffifant pour la confervation des droicts de cette Abbaye.

On ne peut pas non plus tirer aduantage des Prouifions qui ont efté données des Offices de la Iuftice de faint Tibery: Parce que les Charges des Officiers faifant partie de la Seigneurie, & ayant efté comprifes dans la faifie, comme les autres droicts feigneuriaux, foit qu'elles ayent efté données en commende, à comme fit le Commiffaire, quand il eut faifi le refte des droicts feigneuriaux; foit qu'elles ayent efté conferées en tiltre, ce qui fe pratique quelquefois, à l'égard même des condamnez par contumace, comme l'a remarqué Loifeau, d elles font refoluës (pour vfer du terme de cet Autheur) & anneanties par le Iugement diffinitif, comme il arriue à l'égard d'vn Officier condamné par contumace, à l'Office duquel il y auoit inftance au Confeil auec le Roy ou le Seigneur auoit pourueu en tiltre.

Les Habitans adioufteront fans doute aux Prouifions des Offices de cette Seigneurie, grand nombre de comptes du reuenu rendus par les Receueurs, par le moyen defquels ils pretenderont, fuiuant l'Ordonnance de Charles IX. que la Seigneurie a efté vnie & incorporée au Domaine, & qu'elle eft deuenuë domaniale, quoy qu'elle ne le fut pas auparauant.

Mais outre que les Receueurs du Domaine, qui auoient accouftumé dans leurs comptes qu'ils rendoient apres la faifie des droicts feigneuriaux de faint Tibery, de declarer qu'il y auoit vn procez indecis au Confeil, entre le Roy & l'Abbé, pour raifon de cette Seigneurie & Iuftice, n'ont pas efté en pouuoir de changer la caufe de la poffeffion du Roy, ny par confequent nuire aux droicts de l'Abbaye, qui ont mêmes efté conferuez, par le payement continuel de l'albergue, portée par la tranfaction de 1273. & par les hommages rendus à chaque mutation d'Abbé. Il eft conftant que l'Ordonnance de Charles IX. de 1566. parlant de l'vnion & incorporation qui fe fait par la iouyffance de dix ans, des terres ou droicts particuliers, n'entend point que le Domaine puiffe prefcrire, par cette poffeffion, les chofes faifies, mifes en depoft ou autres, qui ne font pas poffedées pour celuy qui les poffede, & qui font accompagnées d'vn principe, qui empefche eternellement la prefcription, & l'incorporation. Elle n'entend pas non plus, eftablir la mauuaife foy, le vol, la violence & la perfidie; ny donner à nos Roys des moyens pour acquerir du bien, qui foient indignes de leur generofité, de leur condition, & du tiltre de Roys Tres-Chreftiens.

Cette Ordonnance a vne parfaite relation à celle que Charles VI. fift en plaine affemblée des Eftats le 18. Fevrier 1401. qui fuft verifiée en Parlement le 17. Avril 1401. par laquelle Ordonnance, le domaine du Roy, eft dit & entendu celuy qui a efté acquis & acheté par le Roy, ou bien efcheu par fucceffion, confifcation de biens, pour crime, ou autre caufes de celles qui peuuent tranfferer la proprieté; il eft porté que les chofes ainfi acquifes par le Roy, font annexées & vnies au corps principal du domaine de France, & font tenuës en cette mefme qualité & condition; *comme fi de leur premiere fource & origine, elles eftoient vnies*

a V. l'Ordonnance de Fabry, fol 45. v. dans la 2 produict de M. l'Abbé, cotte B.

b Ibid. idem.

c Ibf. 59. v. où le Comiffaire dit en ces termes, *auffi procede à la creation des Officiers qui auroit l'adminiftratiō de la Iuftice de S. Tibery, auffi mis pour Viguier Iean de Grand Pueth. vieux &c. & page 60 prouifionnellement, iufques à ce que par ledit dit Seigneur y foit pourueu.*

d Loifeau, des offices en general, l. 1. de la recherche des Officiers, ch. 13. n. 97.

a L. 1. du dom.
tit. 2. n. 9.
& incorporées (dit Chopin) a qui rapporte cette Ordonnance) auec les fleurons de la Couronne de France, nommément & par spécial dediées & consacrées à la Majesté Royalle.

Les choses ainsi possedées, deuiennent domaniales, apres dix ans de iouïssance, suiuant l'Ordonnance de Charles IX. qui explique particulierement & determine le temps de la possession, afin d'oster aux importuns l'occasion de poursuiure des dons des terres, ou domaines dont les Receueurs du Roy auroient compté pendant dix ans, sçachans qu'ils sont deuenus inalienables, comme l'ancien domaine de la Couronne.

b Ibidem, n.
Aussi le mesme Auteur b a fort iudicieusement obserué, que la reddition des comptes des reuenus d'vn fonds priue en la Chambre des Comptes, n'a pas effet de confusion d'iceluy auec le domaine Royal, quand les Receueurs en ont esté payez par violence & contrainte sur le particulier legitime possesseur. Ce qu'il faut à plus forte raison estendre aux biens pris en consequence d'vne saisie, ou qu'on a tenu en depost, engagement, ou par quelque autre titre, qui ne transfere point la propriété.

Les biens de l'Eglise sont à Dieu, c'est pourcela que dans les donations qu'on fait à l'Eglise, l'on voit de si iniques &c.
Auquel cas la iouïssance, quelque longue qu'elle soit, n'opere iamais d'vnion, ny d'incorporation, à cause du titre de la possession qui y resiste, & qui oblige le possesseur à la restitution des fruits perceus. Ce qui reçoit encore moins de difficulté, quand il s'agit des biens Ecclesiastiques, qui ont esté saisis par la perfidie des Vassaux de l'Eglise, parce qu'estans dediez à Dieu. Nos Roys ne sont pas capables de conceuoir seulement la pensée, de se les approprier par des voyes si iniques, & d'en dépouiller l'Eglise & les pauures.

Ces mots, Damus & concedimus, Deo & Ecclesiae, &c. Simon de Montfort donna dix liures de rente à l'Eglise de S. Trophime d'Arles, se sert de ces termes, Damus & concedimus in perpetuum Deo & Ecclesiae Sancti Trophimi Arelatensis, &c. C'est aussi par cette raison que dans les hommages & reconnoissances qui se font aux Ecclesiastiques, pour raison des terres qui releuent de l'Eglise, on vse de ces mesmes termes, comme il se voit dans les reconnoissances que firent quelques particuliers à l'Abbé de Saint Tibery en 1250. & 1313. Recognosco Domino, Deo & Beato Martiri Tiberio, &c.

Cinquiéme moyen pris de l'Arrest du Parlement de Tholose du dix-huitiéme Aoust 1632. que les Habitans soustiennent auoir esté donné par des Iuges incompetans.

QVAND les Habitans de saint Tibery ont veu qu'ils ne pouuoient pas iustifier que l'Arrest du Parlement de Tholose du dix-huit Aoust 1632. qui a adiugé la Seigneurie du lieu à feu M. Boyer, soit donné par attentat & au preiudice des defenses du Conseil, leur estant impossible de faire voir qu'on en ait iamais fait signifier à celuy qui l'a obtenu, ils soustiennent que les Parlemens ne sont pas Iuges legitimes, pour connoistre des matieres du Domaine, d'où ils tirent deux consequences, l'vne que l'Arrest est nul, comme rendu par des Iuges incompetans, & l'autre qu'il n'a pas empesché la prescription, & alleguent pour cela la loy penultiéme, C. ne de statu defunctorum post quinquennium quaratur, de laquelle il resulte qu'vne contestation faite deuant vn Iuge incompetant n'interrompt pas la prescription.

Responce au cinquiesme moyen.
c Art. 1.
Mais il faut peu connoistre le pouuoir des Parlemens, & auoir peu leu les Ordonnances, pour soustenir que les Parlemens n'ont pas droict de connoistre des causes du domaine. Celle de Cremieu c porte, que les Baillifs, Seneschaux, & autres Iuges Royaux ressortissans es Cours de Parlemens, sans moyen, auront la Cour, Iurisdiction & connoissance de toutes & chacunes les causes du domaine.

Les Ordonnances de Charles VI. de François premier, & de Charles IX. faites en 1408. 1539. 1559. & 1566. qui ont esté verifiées aux Parlemens, sont bien voir aussi qu'ils sont les Iuges naturels du domaine. Ce qui est si veritable, qu'anciennement, au temps que les Baillifs & les Seneschaux iugeoient en dernier ressort, le Parlement ne connoissoit que des grandes causes en premiere instance, (ce qui

qui a esté remarqué par M. Loiseau) *comme des Duchez, Comtez, & crimes des Pairs de France,* & encore, DES CAVSES DV DOMAINE-DE LA COVRONNE, *qui est la* IVRISDICTION PRIMITIVE ET ORIGINELLE. Ce qui ne merite pas vn plus grand éclaircissement, n'y ayant que des estrangers, ignorants les maximes du Royaume, ou des personnes qui prennent plaisir à nier les veritez les plus constantes, qui puissent soûtenir que les Parlemens ne sont pas competans de connoistre des causes du domaine.

Sixiesme moyen pris de la leude-mage, qui appartient au Roy dans sainct Tibery.

LEs habitans ont rapporté auec justice l'establissement des domaines que nos Roys ont en Languedoc, à la cession de 1223. par laquelle tous les biens conquis dans cette Prouince sur Trincauel Vicomte de Beziers, sur le Comté de Tolose, & sur plusieurs autres Seigneurs & particuliers, furent donnez à Louis VIII. & à ses successeurs. Ce qui a vny à la Couronne (entr'autres terres) le Vicomté de Beziers, & par consequent (disent ces habitans) la Seigneurie de sainct Tibery qui faisoit partie de ce Vicomté, puis que les Vicomtes y leuoient la leude. Et pour le iustifier, ils rapportent vn acte du 12. Aoust 1194. dans lequel il se voit que Roger-Vicomte de Beziers, exempta ses habitans du payement de la leude qu'il prenoit à sainct Tibery, Ce qui est (à ce qu'ils pretendent) vne marque visible, qu'il en estoit seigneur, la leude estant vn droict seigneurial, qui ne se peut leuer que par le seigneur.

Mais il faut distinguer deux leudes qui se leuent à sainct Tibery, l'vne, que l'on appelle la leude-mage ou de trauerse, qu'on prenoit pour le Vicomte de Beziers, de laquelle les Abbez iouïssoient pendant les trois Festes du lieu. Il se voit dans l'enqueste de 1272. que Rostaing *a* de Montpesat & Guiraud de Lodeue, auoient vne partie de cette leude ou peage du pont de sainct Tibery, dans le temps que Trincauel en iouïssoit; & l'autre qu'on nommoit la petite *b* leude, qui a tousiours apparteru aux Abbez en qualité de Seigneurs.

Responce au sixiesme moyen.
a Vide l'enqueste de 1272. dans la derniere production de M. l'Abbé,

du 7 Iuillet 1667. fol. 1. v. & autres. *b* Ibidem fol. 2. re & tesm. n fol. 2. v. tesm. 3 fol. 3. tesm. 5. fol. 4. tesm. 6. & 7. fol. tesm. 8. fol. 5. v. tesm. 9. fol. 6. tesm. 10 & fol. 6. recto & v. tesm. 12. & tesmoin 13.

Raimond Roger exempta ses habitans du payement de la leude, qu'il auoit droict de leuer, mais non pas de la petite qui n'estoit pas à luy, n'en ayant qu'vne portion qu'il leuoit le iour du marché seulement. En effet y ayant vn procez du temps de sainct Louis entre les Fermiers de l'Abbé, & les habitans de Beziers, ceux-cy se plaignant qu'on leur faisoit payer la leude, dont ils disoient qu'ils estoient exempts, par la concession de Raimond Roger, de 1194. & qu'au lieu d'vne obolle on leur faisoit payer vn denier. Il fust rendu vne Sentence arbitralle *c* en 1251. par laquelle les habitans de Beziers furent condamnez de payer la leude aux Fermiers de l'Abbé,

c Dans la 2. production de M. l'Abbé, cotte A. vide la sentence de 1251.

Dans cette Sentence le Iuge *d* de l'Abbé signa, en qualité de témoin, ce qui marque qu'il iouïssoit de la Iustice auant la transaction de 1273. L'on y voit encore que les habitans de Beziers conuenoient que ceux d'entr'eux qui vendroient des marchandises en detail *e* au marché de sainct Tibery, deuoient payer la leude à l'Abbé, ne pretendans d'exemption qu'à l'égard de ceux qui vendroient en gros. Il est fait mention dans cette Sentence de toutes les choses sur lesquelles l'Abbé prenoit la leude; on commence d'abord par les Cordonniers de Beziers, qui vendunt sotulares *f* (dit la Sentence) in mercato sancti Tiberij dent in die sabathi vnum denarium prædicto Abbati siue leudario.

d Ibidem la mesme tence, præsentes fuerunt Petrus Bladij Raimundus de gratia du Iudex Abbatis.

e Ibidem la mesme sen-

tence. *Nisi solum modo illi qui vendunt ad tallium pannos.* f Ibidem la mesme sentence.

Lors qu'il est parlé de la part de la petite leude que le Roy prend dans ce lieu, il est dit en termes exprés, que tous les estrangers la doiuent payer, à la reserue de ceux de Beziers, à cause de l'exemption qui leur auroit esté accordée par Raimond Roger leur Vicomte, auant la conqueste du Languedoc. *Venditor à extraneus fi non fit de Bitterris dat Domino Regi pro leuda vnum denarium.*

a La mesme fentence.

La leude-mage ou de trauerse, se leuoit sur le pont, par le Vicomte de Beziers; & depuis par Simon de Montfort, *b* apres la cession de 1211, & ensuite par nos Roys apres la cession de 1223. comme il se voit dans l'enqueste de 1272. M. l'Euesque de Beziers, la leue encore comme engagiste du domaine. Elle fust reseruée au Roy par la transaction de 1273.

b Dans la der. prod. de M. Roys l'Abbé 7 Juillet 1667. B. Vide l'enqueste, fol. 5.

Il paroist par l'enqueste *c* de 1272. par le procez verbal du 4. Ianvier 1540. *d* & par celuy du 5. Avril 1544. *e* que cette leude-mage de Beziers se leuoit au nom du Roy dans beaucoup de lieux, desquels il n'estoit pas Seigneur; comme dans Agde, Marceillan, Villeneufue, S. Pons, Vias, Serignan, Olargues, & autres, tous lesquels lieux appartiennent à des Seigneurs particuliers.

c Ibidem idē, fol. 7. verso, le Roy pouuoit la leuer à Agde & Marceillan.

d Ibidem. Vid. le procez verbal 1540. fol. 12. fol 14. v fol. 16. ver. fol 19. & fol. 23. verso.

Le Bureau de la recepte pouuoit estre changé d'vn lieu à vn autre. Mais cette leude n'a rien de commun auec la petite, de laquelle les Abbez iouyssoient, & dont ils ne se trouuera pas que les Vicomtes de Beziers ayent iamais exempté les habitans de Beziers, horsmis de la part qu'ils prenoient le Samedy seulement, dans la perception de cette leude. Ce qui montre euidemment, suiuant l'argument des habitans de sainct Tibery, que les Abbez estoient Seigneurs du lieu, puis qu'ils iouissoient de la leude auant & apres la conqueste du Languedoc, ayant esté confirmez dans la possession qu'ils estoient de la perceuoir, par la Sentence arbitralle de 1251. & par la transaction de 1273.

e Ibidem procez verbal 1544. fol.

Cette leude fust comprise dans vn denombrement fait par l'Abbé de saint Tibery en 1429. qui marque aussi qu'il auoit sa part de la grande. *f Item habet leudam* (ce sont les termes de l'acte) *In dicto loco & districtu S. Tiberij. Et pedagium pontis in tribus festiuitatibus sancti Tiberij.*

f Vide 3. production de M. l'Abbé en 1429.

Il est donc tres-constant qu'vn particulier peut auoir vn droict de leude dans vn lieu, dont il n'est pas seigneur; ce qui reçoit encore moins de difficulté à l'egard du Roy, qui est en possession d'establir des imposts, & des bureaux pour les leuer, par tout où il le iuge à propos, pour la commodité ou facilité de ses Fermiers. Et ainsi l'exemption accordée aux habitans de Beziers en 1194. par Raimond Roger, n'est point vne preuue qu'il fust seigneur de sainct Tibery. Au contraire, la sentence arbitralle faite entre l'Abbé & les habitans de Beziers en 1251. sur la contestation qui estoit entr'eux, est vne demonstration euidente que la seigneurie appartenoit à l'Abbaye.

Septiesme moyen fondé sur la possession, sur les qualitez prises par les Abbez de sainct Tibery, & sur les reconnoissances que les habitans ont faites au Roy en 1600. 1601. & 1602. & depuis à feu M. le Prince de Condé engagiste du Comté de Pezenas.

IL ne falloit aux habitans qu'vn seul moyen pour establir les conclusions qu'ils ont prises contre leur seigneur en 1555. & qu'ils prennent presentement, qui est de faire voir que la seigneurie de sainct Tibery fait partie (comme ils l'ont auancé) du Vicomté de Beziers conquis par Simon de Montfort. Parce que si cela estoit, l'on auoue qu'elle seroit deuenue domanialle, par la cession de 1223. & que les Abbez de sainct Tibery n'en auroient pû pretendre la proprieté, sans des Lettres patentes de quelqu'vn de nos Roys. Mais comme il leur est impossible de prouuer ce qu'ils ont tant de fois supposé, se voyans engagez dans la deffence d'vne mauuaise cause; qu'ils soustiennent par opiniastreté, ou à la persuasion de quelques esprits imperieux, qui ont de la peine de souffrir vn Seigneur sur les lieux, qui veille sur leurs actions, & qui les empesche de tenir plus long-temps la communauté dans leur dependance; Ils embrassent indifferemment tout ce qui se presente deuant eux.

Responce au septiesme moyen.

Ils croyent qu'ils pourrout faire perdre vne Seigneurie à vne Abbaye, en difant qu'elle appartient aux Religieux auffi bien qu'à l'Abbé; que l'Abbé n'a pas deû la poffeder feul, & que c'eft vn moyen pour en priuer fon Eglife, de iuftifier que fes predeceffeurs l'ont poffedée fort long-temps feparément; encore que par la tranfaction & par la ratification de 1173. il femble que les Religieux y ayent autant de part que l'Abbé. Surquoy il s'écrient que c'eft vne eftrange contradiction de voir que tantoft les Abbez font qualifiez Seigneurs feuls, *& infolidum*, & tantoft l'Abbé & le Monaftere, *nomine collectiuo*. D'où ils tirent encore cette confequence, que l'Abbé n'eft pas partie legitime pour poffeder cette Seigneurie, & que les actes de poffeffion qu'il rapporte, ne luy peuuent pas feruir, parce que fon Monaftere n'y eft pas compris.

Ce raifonnement eft veritablement digne de ceux qui le font. Il découure tout à fait leur foibleffe, puis qu'ils font obligez pour eftablir le droict du Roy, de le chercher dans des moyens fi peu folides, qui n'ont aucun rapport avec le fujet, qu'ils ont entrepris d'éclaircir & de iuftifier au Confeil. Car ils fe font obligez (comme il a efté fi fouuent dit) de montrer que la Seigneurie de faint Tibery a appartenu aux Vicomtes de Beziers, & que les Abbez l'ont vfurpée fur le Domaine de la Couronne. Mais au lieu de rapporter des actes qui iuftifient ce faict, ils en rapportent, qui font voir que les Abbez ont iouy feuls de cette Seigneurie; Quoy qu'en tranfigeant des droicts qui la regardent, ils y ayent prefque toufiours appellé les Religieux, pour fatisfaire à l'obligation qu'ont les Prelats de ne rien faire (*fine confenfu capituls*) Sur tout quand il s'agit de luy ofter quelque prerogatiue, & de l'affujettir à quelque redeuance, comme il arriua lors de la tranfaction que fit l'Abbé de faint Tibery en 1273. Ce qui n'eft pas neceffaire quand il s'agit de faire la condition meilleure, parce que les Prelats peuuent procurer du bien à leurs Eglifes fans la participation de leurs Chapitres ou de leurs Monafteres; ils ont en cela le mefme pouuoir que les tuteurs à l'égard des mineurs.

La plainte que font icy les habitans ne feroit pas fuportable en la bouche des Religieux de faint Tibery, qui n'ont eu garde de la faire, parce que quand mefme il n'y auroit pas entr'eux & l'Abbé vne feparation de manfe, & vn partage de biens à l'ordinaire; qui les obligea en 1557. de declarer deuant le Commiffaire du Confeil, qu'ils *n'auoient iamais iouy ny poffedé* a *la Iurifdiction haute, moyenne & baffe & pontanage, ains que ç'a efté l'Abbé*. Ils fçauent que les Abbez font comme les Peres des Religieux, qui ont originairement l'adminiftration du temporel, & que ce feroit changer l'ordre de la Nature, que d'ofter aux Abbez la poffeffion des Seigneuries, qui eft toufiours plus feure, & plus dans la bien-feance en la perfonne des peres que des enfans, fuiuant la penfée de Pierre Chrifologue; *Beati filii quorum tota eft in patris charitate fubftantia, eft penes patrem dulcis conditio, libera feruitus, paupertas diues, fecura poffeffio*.

Les loix ont toufiours donné aux Abbez le foin de l'entretien des Religieux, b *Congregationes fibi commiffas*, dit Charlemagne, b *paterno affectu gubernare, eifque neceffaria ftipendia adminiftrare Abbates non negligant*, ce qu'ils ne fçauroient faire s'ils n'auoient la poffeffion des biens.

Il leur eft enioint (quand ils font benis) de faire la recherche des biens alienez ou vfurpez fur leurs Eglife, *ab vnoquoque Abbate, quando benedictionem accepturus eft ab Epifcopo, hoc exigitur quatenus profiteatur res monafterii fui, hactenus male difperfas, fe recollecturum*. Ce qui marque qu'on les croit parties legitimes pour cela, & qu'ils font capables de poffeder *in folidum*, les terres qui appartiennent à leurs Eglifes, & principalement les Fiefs & Seigneuries, qui font ordinairement de partage des Abbez; dequoy on a iamais douté. Que fi dans les actes qu'ils font, les Religieux y font quelquefois compris, c'eft parce que fouuent ils poffedent en commun, ou bien qu'il s'agit de quelque affaire de confequence, qui ne peut pas eftre valablement faite fans la participation du Monaftere.

Les habitans de faint Tibery ne fe contentent pas de reprocher aux Abbez, qu'ils ont iouy feuls de la Seigneurie du lieu, comme s'ils eftoient criminels d'a-

a V. la procedure de 1557. fol. 33. dans la 2. prod. de M. l'Abbé, cotte B.

b Capitulaires de Charlemagne.

Yuo Carnoten. fis.

uoir vſé de leur droiɛt, & comme ſi cette plainte, quand elle ſeroit auſſi iuſte qu'elle eſt ridicule, leur pourroit eſtre faite par des perſonnes qui ont vſurpé vne partie de la Seigneurie? Ils veulent encore tirer aduantage contr'eux, de ce qu'ils n'ont pas pris la qualité de Seigneurs de ſaint Tibery, pendant qu'ils tâchent de faire paſſer pour criminelle leur poſſeſſion. Car ils pretendent que tout leur doit ſeruir, quand il s'agit de nuire à leurs Seigneurs legitimes, & de faire éclater leur haine & leur paſſion.

Ils ont oublié en alleguant ce moyen, que les Abbez n'ont pas ſeulement pris la qualité de Seigneurs en pluſieurs aɛtes & en diuers temps, comme dés *a* l'homma-ge fait au Roy en 1404. où l'Abbé Bernard eſt appellé ſeul Seigneur de ſaint Ti-bery, *In omnimoda Iuriſdiɛtione alta, media & baſſa atque mero & mixto Imperio.* Dans *b* l'hommage & dénombrement de 1429. & dedans le Leuoir de 1503. qui porte pour tiltre en terme du pays, *Aiſſo es c lo Leudari de Reuerend Payre en Dieu Moſſen Iean Delpuech, Abbat & Senhor per lo tout del loc de ſan Tibery en l'Aueſcat d'Agde;* C'eſt à dire, c'eſt icy le Leuoir de R. P. en Dieu M. Iean Dupuy, Abbé &, Seigneur pour le tout du lieu de ſaint Tibery en l'Eueſché d'Agde.

Ils ont encore agy en veritables Seigneurs; ce qui eſt plus conſiderable, & ont eſté reconnus tels par les habitans, quand ils leurs ont payé les lots & ventes en *d* 1126. *e* 1138. *f* 1146. & *g* 1204. quand ils ont eſté mis en poſſeſſion des biens confiſquez ſur vn particulier par ſentence *h* du Iuge de l'Abbaye renduë en 1324. quand les Conſuls du lieu leurs ont deferé le choix de ceux qui auoient eſté nom-mez, & qu'ils leurs ont preſté le ſerment de fidelité en *i* 1331. 1551. *k* 52. 53. & 1555. Quand les habitans mémes leur ont donné cette qualité deuant le Viguier de Beſiers en *l* 1400. Quand ils ſe ſont ioints à eux contre le Treſorier du Do-maine en *m* 1507. Quand ils leurs ont fait des reconnoiſſances des terres qu'ils poſſedent dans la mouuance de la ſeigneurie en 1510. *n* & 1513. Et enfin quand les Conſuls du lieu ſe ſont eux-méme pourueu deuant les Officiers de l'Abbé en *o* 1548. pour auoir reparation de l'iniure qui leur auoit eſté faite par le nommé Guillaume Oliueras.

Mais peut-on dire, que les Abbez de ſaint Tibery n'ont pas pris la qualité de Seigneurs du lieu, ou qu'ils n'ont pas agy en veritables Seigneurs, tant qu'on voit qu'ils ont creé des *p* Notaires & des Iuges; qu'ils ont donné des *q* inueſtitures; qu'ils ont fait deux tranſactions comme Seigneurs de ſaint Tibery, par l'vne deſ-quelles ils ont ſoûmis leur ſeigneurie à vne *r* albergue; & par l'autre, ils ont fait part *ſ* pour cinq ans de la haute Iuſtice à vn de nos Roys; qu'ils rapportent des *t* hommages, des adueus & dénombremens, des *u* ſentences, des *x* atteſta-tions données par leurs Iuges; & enfin des *y* Arreſts qui leur adiugent la ſei-gneurie, ou des droiɛts ſeigneuriaux, comme les *z* vaccans & la *&* barque.

Ce n'eſt pas qu'il y ait aucune neceſſité à des Eccleſiaſtiques, & ſur tout à des Religieux, de prendre toûjours dans les aɛtes qu'ils font la qualité de Seigneurs des lieux qu'ils poſſedent, & qui appartiennent à leurs Egliſes; puis qu'il leur eſt defendu dans le Nouueau Teſtament, d'affeɛter des tiltres de domination, qui ſont propres aux Princes & aux Seigneurs laïques, *ᵔ Principes gentium dominantur eorum, vos autem non ſic.* Auſſi ils prennent ordinairement la qualité de Paſteurs, ou de Prelats, & fuyent autant qu'ils peuuent celle de Seigneurs, quoy qu'ils poſſe-dent de grandes Seigneuries.

Le moyen que les habitans veulent tirer des reconnoiſſances qu'ils ont faites au Roy en 1600. 1601. & 1602. & depuis à feu M. le Prince de Condé, a eſté reſerué pour eſtre examiné le dernier, parce qu'il ſeruira d'vne derniere & principale de-monſtration de la mauuaiſe foy de ces habitans; & fera voir à méme temps, que le grand empreſſement qu'ils ont toûjours eu, & le zele qu'ils affeɛtent pour faire vnir la ſeigneurie de ſaint Tibery au Domaine, ne vient pas d'vn deſir ſincere de procurer ce bien au Roy, mais d'vn deſſein premedité, de faire perdre à l'Egliſe, des droiɛts qu'ils luy ont payez durant pluſieurs ſiecles, & pour profiter eux-mémes de la meilleure partie de la dépoüille.

Pendant

Pendant la vaccance de l'Abbaye de saint Tibery, les habitans s'aduiserent, pour changer le pied des veritables droicts seigneuriaux, & des anciennes reconnoissances, d'en faire de nouuelles au profit du Roy en l'année 1600. 1601. & 1602. parce qu'il iouyssoit de la seigneurie en qualité de saisissant, & pour montrer qu'ils se chargeoient volontairement, des redeuances qu'ils n'auoient iamais payées (ce qui est extraordinaire dans le Languedoc, qui est vn pays de droict escrit) ils firent d'abord (par la bouche de leurs Consuls) les protestations suiuantes; qu'hors a *eux & leurs deuanciers predecesseurs possedans des biens à saint Tibery, & terroir d'icelui, les auroient tout paisiblement, de tout temps & ancienne coustume, sans payer tasques, usages, ny autres droicts au Roy, ni à aucun Seigneur; pour n'y estre les maisons possessions, ni heritages aucunement suiets. Ce neantmoins poussez d'vn bon zele & affection, qu'ils ont au seruice de sa Maiesté; ils offrent reconnoistre leurs maisons & heritages, à vn usage moderé d'vn denier par maison & chaque piece.*

a Dans la der-niere prod. de M. l'Abbé, du 7. Iuillet 1667. V. les reconnoissances de 1600. 1601. & 1602.

Il n'y a personne qui ne iuge, voyant ces reconnoissances volontaires, & cette sujetion des Terres, qu'on dit libres, à des redeuances annuelles accordées au Roy, qui n'auoit de sa part aucun titre pour en pretendre, que ces Habitans sont *poussez comme ils le disent eux-mesmes, d'vn bon zele & affection qu'ils ont au seruice de sa Majesté*; mais quand on se souuiendra qu'ils sont des perfides & des imposteurs, on aura sujet de se méfier de leur liberalité aparente, & l'on craindra auec iustice que leur present ne soit accompagné de b dol, de fraude & de tromperie.

b Timeo danaos & dona ferentes.

Ces Habitans dirent en 1601. qu'ils auoient tousiours iouy paisiblement de leurs biens, *sans payer tasques, usages, ny autres droicts.* & cependant l'on void le contraire dans vn cahier de reconnoissances de 1510. c & 1513. & dans vn leuoir d de 1545. qui est entierement conforme à ces anciennes reconnoissances, où il est dit particulierement au feüillet 18. que les Consuls mesmes reconnoissent tenir la maison Consulaire à vn denier de censue.

c Ibidem. Vide les reconnoissances de 1510. & 1513.
d Ibidem, dans le leuoir de 1545.

Deffunt Iean Torches qui estoit vn des principaux habitâs du lieu ne crût pas se pouuoir dispenser de payer à M. Boyer en qualité d'Abbé & de Seigneur de S. Tibery les usages, e lots & ventes, & autres droicts seigneuriaux qu'il luy deuoit suiuant les anciennes reconnoissances, comme il le fit au mois de May 1630. sçachant qu'il n'y auoit plus de seureté pour luy de payer à son Seigneur legitime, qu'à qui que ce soit.

e Ibidem, la reconnoissance de 1630.

Il est vray que l'on raporte d'autres reconnoissances faites depuis en 1641. 1642. & 1644. à feu M. le Prince de Condé en qualité d'Engagiste du Comté de Pezenas, sur le pied de celles de 1601, dans lesquelles on supose que l'Abbé & les Religieux ont aussi reconnu, ce qui est impossible, du moins à l'égard f de l'Abbé, puis que l'Abbaye estoit pour lors vacante, & quant à Frere Crés nommé dans ces reconnoissances en qualité de Procureur du Chapitre, il ne reconnut que deux prez & vn bois qui ne faisoient que la moindre partie du domaine des Religieux. Et il y aparence que les Consuls ont fait inserer dans le procez verbal du Commissaire, que Crés agissoit en vertu d'vne procuration du Chapitre, quoy qu'elle n'y soit pas inserée, on a mesme teu à dessein la deliberation qui fut prise auant cette reconnoissance particuliere, soit parce qu'elle est nulle, n'estant signée que de trois Religieux, bien qu'ils fussent sept, soit parce qu'elle porte qu'elle ne donnoit pouuoir de reconnoistre que les Terres dependantes du Chapitre, & qu'elle en exceptoit la Seigneurie, ce qui regardoit M. l'Abbé, en ces termes *sans prejudice des droicts seigneuriaux apartenans à M. l'Abbé, comme g reseruans de la directe,* laquelle reseruation, & protestation fut reïterée par Crés, lors qu'il fit cette pretenduë reconnoissance.

f Ibidem, les reconnoissances de 1640.

g Ibidem, vide la deliberatiõ.

Cette deliberation ne fut pas mesme entierement executée, puis que, comme il a esté obserué; Crés ne comprit dans sa reconnoissance qu'vn bois & deux prez, qui ne faisoient que la moindre partie du bien que les Religieux possedoient, & quand la deliberation auroit esté tout à fait executée, le Prieur qui auoit ordre de faire la procuration pour reconnoistre, ne pouuoir agir qu'au nom des Religieux & pour ce qui les concernoit seulement, auec la reseruation dont il a esté

I

34

parlé, laquelle deuoit seruir pour la conseruation des droicts de l'Abbaye, ausquels ny les Religieux, ny mesme vn Abbé, ne peuuent iamais donner d'atainte, n'ayant que l'vsufruit du reuenu leur vie durant. De sorte que quand vn Abbé ou le Conuent entier auroit fait des reconnoissances contre l'interest de l'Abbaye, elles seroient nulles, & ne sçauroient preiudicier aux successeurs, elles ne sont tirées à consequence que contre ceux qui les reçoiuent & qui les font, s'ils sont en estat d'allienner & de disposer de leurs droicts; ce qui n'a point lieu à l'égard du domaine de l'Eglise.

L'on peut remarquer en passant dans les reconnoissances que firent les Consuls & Habitans de saint Tibery en 1644. qu'ils y comprirent les droicts de la boucherie, le couratage, les pois & mesures, les fossez de la ville, & autres choses qui font partie de la Seigneurie qu'ils ont vsurpé, & dont ils ne sçauroient representer le titre de la concession n'en ayant aucun de legitime qui ne iustifie leur mauuaise foy, ce qui sera releué en temps & lieu par M. l'Abbé, quand il fera executer contre eux l'Arrest du Parlement de Tolose du dix-huit Aoust 1632. & qu'il poursuiura les vsurpateurs des droicts de son Abbaye, dont ceux-là font la meilleure partie.

On pourroit icy faire vn chapitre separé des inductions que les Consuls & Habitans pretendent tirer d'vn cahier de criées qu'ils disent auoir esté faites à saint Tibery au nom du Roy en 1547. mais la fausseté & la supposition de ces criées imaginaires est si éuidente, que pour la faire voir, il n'y a qu'à se ressouuenir ou opposer aux Consuls qui s'en seruent, les procedures que les Consuls de 1548. firent deuant le Iuge de l'Abbé, pour auoir reparation de l'outrage que leur auoit fait le nommé Oliueras, qui fut condamné à leur faire amende honorable par Sentence du cinquième Iuin de la mesme année.

Car si le Roy eût esté en possession de la Iustice de saint Tibery en 1547. comme on le veut presentement insinuer par ces pretenduës criées, les Consuls de 1548. se seroient sans doute adressez aux Officiers du Roy, & non pas au Iuge de l'Abbé. Et leurs successeurs és années 1551. 52. 53. & 1555. n'auroient pas presenté comme ils firent, des requestes à l'Abbé pour luy donner le chois des Consuls. On ne se seroit pas non plus adressé au Viguier de l'Abbaye en 1552. pour auoir vne attestation du stile & de la coutume obseruée dans la Iurisdiction du lieu sur le fait des saisies des biens meubles & immeubles, & les Consuls & Habitans n'auroient pas aussi demandé auec tant d'empressement (comme ils firent en 1555. 56. 57.) que la Seigneurie de saint Tibery fut saisie, & mise sous la main du Roy.

Depuis laquelle saisie l'on peut auoir fait des criées au nom de sa Majesté, la iustice ayant esté renduë sous son autorité en consequence de cette saisie, sur laquelle le Conseil estant obligé presentement de prononcer, il fera sans doute connoistre à ces Habitans rebelles, qui l'ont requise, & qui se sont soubsmis de rendre les fruits saisis, que si nos Rois sont extrémement ialoux de la conseruation de leur domaine, puis qu'ils donnent la liberté aux Communautez & à tous leurs sujets de denoncer ceux qui en vsurpent quelque portion, ils ne le sont pas moins des droicts de l'Eglise, & des pauures; & qu'ils sçauent faire difference de ceux qui font ces denonciations auec raison, & sur de bons titres, d'auec ceux qui n'ont point d'autre fondement que la haine & la passion, & mesme leur interest, & s'ils proposent des recompenses aux premiers, ils chastient seuerement les derniers, quand ils voyent qu'on a abusé de leur nom & de leur autorité pour persecuter des Seigneurs legitimes, des Eglises, & des pauures. Comme il est arriué à l'égard de l'Abbaye de saint Tibery qui a esté opprimée depuis plus d'vn siecle par les Habitans du lieu, qui luy ont fait saisir son reuenu en haine de la religion, ou pour s'en aproprier la plus considerable partie sur des pretextes qui se trouuent tous faux & entierement contraires aux actes qu'ils ont eux-mesmes produits.

Monsieur DE POMMEREV, Rapporteur.

M. CORNIER Aduocat.

REQVESTE

PRESENTEE AV CONSEIL
par François Euldes Fermier general du
Domaine du Roy, adherant aux conclusions des Habitans de S. Tibery, contre
M. l'Abbé du lieu.

AV ROY,

ET A NOSSEIGNEVRS DE SON CONSEIL.

SIRE,

FRANÇOIS EVLDES Fermier general des Domaines de France, Remon-
tre tres-humblement à Vostre Majesté, qu'il y a vne instance pendante & retenuë en Vostre Conseil, entre les Consuls & Habitans du lieu de sainct Tibery,
en laquelle il s'agit d'vne question importante pour faire dire que sans tiltre &
sans cause, le sieur Abbé pretend deuoir estre maintenu en la possession & iouis- *a* Vide la 2.
sance de la Iustice du lieu de sainct Tibery, de la moitié de la leude, albergue de produc̈tió de
10. liures; & du droict de passage ou peage du Pont. l'Abbé, cotte
M. l'Abbé ne pretend point aucun droit de peage sur le Pont, qui est rompu depuis A la Senten-
160 ans. Il soustient seulment que la barque luy appartient, comme Seigneur du lieu, luy ce de 1511.
ayant esté adiugée en cette qualité, par Sentence a du Seneschal de Carcassonne du 8 *b* Ibidem,
Auril 1311. confirmée par Arrest b du Parlement de Tolose du 29 Iuillet 1536. & par l'Arrest de
vn autre c du grand Conseil du 12. Feurier 1546. il soustient encore que la petite leude 1536.
appartient aux Abbez, sauf vne portion que le Roy prend le iour du marché. *c.* Ibidem,
Mais parce qu'vne action de cette qualité ne peut resider qu'en la personne l'Arrest de
de Vostre Majesté, ou de ceux qui ont droict d'elle, comme le Suppliant, il a 1546. ou dans
esté conseillé de donner sa Requeste d'interuention en cette instance, & remon- les pieces im-
ltrer que ces droits de Iustice & de leude, albergues & peage du lieu de sainct primées fol.
Tibery, sont domaniaux, & font partie du Domaine de Vostre Majesté en Lan- transectió de
guedoc, dont la possession a effectiuement duré iusques en l'année 1658. que ledit 1173. ou dans
il n'y a iamais eu d'autre droit domanial dans sainct Tibery, que la grandeur leude les pieces im-
qui appartenoit aux Vicomtes de Beziers, & vne portion de la petite, dont Simon primées.
de Montfort se iouit, apres la conquaste de Languedoc, pendant que l'Abbé le sainct Ti- *e* Vid. dans la
bery iouissoit de la Seigneurie, laquelle n'a iamais esté du Domaine, puis qu'elle appar- derniere pro-
tenoit à l'Eglise, autant qu'aux Roys, ressent des domaines en cette Broüilesse, dans duc̈tió de M.
& c'est vne verité constante, tant par la teneur du pretendu tiltre primordial l'Abbé l'en-
dudit sieur Abbé, du 19. Auril 1173. qui fait voir que des droicts ont esté demem- queste de 1171
fol. 9. tém. 16. *vide icy la pen-*
page 40

brez du Domaine de la Couronne, & par les Lettres de pretenduë confirmation de Philippes le Hardy Roy de France, de la mesme année 1273. Lesquelles pieces, quoy que nulles & inualides, sont neantmoins veritables, & seruent de monument pour la iustification de ce que dessus. Le Suppliant pour appuyer son intervention, est obligé de faire obseruer deux choses: La premiere est sa qualité de Fermier general du Domaine de France, par le moyen de laquelle & du Bail à luy fait le 10. Iuin dernier, il a droit d'entrer en la iouïssance du revenu de tous les domaines engagez aux communautez, dans l'estenduë du ressort du Parlement de Tolose; & que les communautez peuuent auoir retiré des particuliers à quelque titre que ce soit, & par exprés de la Taille de sainct Tibery.

Il semble que ce Fermier affecte d'adherer aux erreurs des Habitans de sainct Tibery, comme il adhere à leurs conclusions. Car il dit auec eux que la transaction de 1273. & la confirmation du Roy, iustifient que la Seigneurie de sainct Tibery estoit du Domaine de la Couronne, & il se voit au contraire, qu'elle estoit possedée allodialement a *par les Abbez, auant que nos Roys eussent des Domaines en Languedoc: Les Officiers du Roy n'ayant pas d'autres pretentions pour lors, si ce n'est qu'ils soustenoient qu'vn Vicomte de Beziers l'auoit engagée à vn Abbé pour vne somme d'argent, ce qu'ils ne peuvent iamais iustifier.*

L'on ne conteste point au Fermier la iouïssance de la Taille que les Habitans font au Roy à sainct Tibery, ny l'albergue de 50. sols que l'Abbé est obligé de luy payer annuellement en consequence de la transaction de 1273.

Que si les droits de Iustice, leudes & autres cy-dessus declarez, ne sont point exprimez en détail dans ledit Bail, c'est parce qu'ils sont recelez & tenus par vsurpation, par ledit sieur Abbé. A cette cause, le Suppliant est en droit d'en iouïr; parce que par vne clause generale de son bail, il est porté qu'il iouïra de tous domaines generalement quelconques qui se trouueront auoir esté vsurpez, recelez, & negligez, changez ou commuez en quelque façon & maniere que ce soit.

L'on deffie le Fermier, ny qui que ce soit de iustifier que l'Abbé de sainct Tibery ait iamais recelé ny vsurpé aucun droit du Roy. La Iustice & la petite leude, ayant toujours fait partie de l'ancien patrimoine de l'Abbaye. Vostre hommediesdroisdeleurs.

La seconde chose que le Suppliant est obligé de faire obseruer, est le droit qu'il a d'entrer, suiuant son bail, en la iouïssance desdits droits. Ce droit resulte de deux choses. L'tmo, de ce que lesdits droits estans du Domaine de Vostre Majesté, alienez, ou donnez en engagement à l'Abbé de sainct Tibery pour la somme de 700. liures. Cette somme luy a esté renduë & restituée, lors de l'Ordonnance du Commissaire de Vostre Majesté, du 25. Ianuier 1557. & par consequent la cause de la possession dudit sieur Abbé cessant, le droit de sa possession a cessé pareillement.

Baldes est encore icy tombé dans l'erreur des Habitans de sainct Tibery, qui ont supposé que par l'acte de 1215. la Seigneurie du lieu auoit esté engagée à l'Abbé, moyennant 700. liures. Ce qui est contre batrient de ce reste. Vide la réponse imprimée page 16. & 17. où cette supposition est entierement détruite.

Mais parce qu'vne action de cette possession dudit sieur Abbé a cessé de droit, mais elle a encore cessé de faict. Et Vostre Majesté, en vertu de l'Ordonnance cy-dessus saincte, mise en réelle & actuelle possession desdits droits, suiuant le procez verbal du Lieutenant Particulier de Montpellier, des 25. Feuvrier 1405. Mars 1557. laquelle possession a effectiuement duré iusques en l'année 1658. que ledit sieur Abbé a voulu rentrer. Estant certain qu'vne possession d'vne si longue durée, & vpre à si legitime, vaut titre à Vostre Majesté, pour quelque domaine que ce soit, puis que ce domaine est vny & incorporé à vostre Couronne, ou ce qui par les Receueurs du Domaine par l'espace de dix ans, a esté manié, & iceluy entré en ligne de compte, suiuant l'article 2. l'Ordonnance de 1667. des droicts dont est question ont esté maniez & perceus par les Receueurs du Domaine de Vostre Majesté pendant l'espace de plus de cent ans, qui est

vne

vne prescription qui autorise toute sorte de possession parmy les particuliers.

Il n'est pas veritable que le Roy ait esté mis en possession en l'année 1557. de la seigneurie de sainct Tibery, en vertu d'vne sentence qui la luy eust adjugée. La Seigneurie fust seulement saisie, & les fruits sequestrez sous la caution des Consuls, pour estre restituez à qui il seroit ordonné. La possession du Roy n'est qu'vne iouïssance d'vn saississant, laquelle n'a point de tiltre legitime, comme le suppose le Fermier, & par consequent elle ne peut iamais tomber dans le cas de l'Ordonnance de 1566. ny operer la prescription. a

Auparauant cette possession, les droicts dont est question appartenoient legitimement à Vostre Majesté. D'ailleurs le sieur Abbé de sainct Tibery est suffisamment indemnisé du prix de son acquisition ; & il ne tient qu'à luy de receuoir le prix qui a esté consigné auec les frais & loyaux-cousts liquides ; & par consequent, il n'y a nulle difficulté que les fins cy-apres prises ne doiuent estre adjugées audit Suppliant.

a Vide la réponse imprimée, pag. 19 jusqu'à 28.

Ce Fermier suppose ici ce qu'il ne sçauroit prouuer, quand il dit, qu'auant cette possession, LES DROICTS DONT EST QVESTION APPARTENOIENT LEGITIMEMENT AV ROY, ET QVE L'ABBE' DE SAINT TIBERY EST SVFFISAMMENT INDEMNISE' DE SON ACQVISITION. C'est ce que les Habitans ont aussi supposé, lors qu'ils ont soustenu que la seigneurie de sainct Tibery faisoit partie du Domaine des Vicomtes de Beziers cedé à Louis VIII. & à ses successeurs, par Amaury de Montfort en 1223. & que par le moyen de cette cession la seigneurie estoit deuenuë domaniale comme le Vicomté ; & qu'vn Commissaire du Roy l'auoit baillée en engagement à l'Abbé de sainct Tibery en 1315. Cependant le contraire se voit dans les actes sur lesquels on a voulu establir ces propositions, la verité desquels a esté tout à fait déguisée par les Habitans & par Buldes, qui doiuent estre plus fideles dans le faict, dans vne cause qui regarde les interests d'vne Eglise, à laquelle nos Roys sont en partie redeuables de la meilleure partie des Domaines qu'ils ont en Languedoc.

A CES CAVSES, SIRE, Plaise à Vostre Majesté, receuoir le Suppliant partie interuenante en l'instance pendante & retenuë en vostre Conseil par Arrest du 5. Ianvier 1666. faisant droit sur son interuention, ordonner que le Suppliant iouïra des droits de Iustice, de la moitié de la leude, de l'albergue de vingt liures, & du droit de passage du Pont de sainct Tibery, & generalement de tous les droits domaniaux, circonstances & dépendances dudit lieu de sainct Tibery, faire deffence au sieur Abbé de l'Abbaye dudit lieu de l'y troubler, à peine de 3000. liures d'amende, despens, dommages & interests, le condamner, & autres qu'il appartiendra, à la restitution des reuenus qu'ils peuuent auoir perceus pour raison desdits droits, & aux despens. Et donner acte audit Euldes de ce que pour moyen d'interuention, escritures & production en l'instance, il employe le contenu en la presente Requeste, l'Arrest du Conseil du 10. Iuin 1666. rendu en execution du Bail dudit Domaine ; & ce qui a esté escrit & produit par les Consuls de sainct Tibery, & tout ce qui fera pour le Suppliant en ladite instance ; Et il continuëra ses vœux & prieres pour la santé & prosperité de Vostre Majesté. AVDOVL signé.

Ces conclusions font voir que ce Fermier entreprend des procez sans beaucoup d'instruction, & qu'il s'engage aueuglement dans des causes qu'il ne connoist pas, ce qu'il deuroit éuiter, pour ne pas exposer temerairement le nom & l'autorité du Roy dans des affaires qui ne sont pas soustenables.

Il demande entr'autres choses de iouïr de la moitié de la leude ; Par où il conuient tacitement que l'autre moitié appartient à l'Abbaye. Ce qui ne seroit pas, si la Seigneurie estoit au Roy. Car en ce cas toute la leude seroit du domaine, la petite n'appartenant à M. l'Abbé qu'en qualité de Seigneur du lieu.

Il demande aussi de iouïr du passage du Pont de sainct Tibery, quoy qu'il y ait plus d'vn siecle qu'il n'y a plus de Pont. Il entend sans doute demander la grande leude, qu'on ne luy conteste pas. Elle est possedée par engagement par M. l'Euesque de Beziers,

K

auquel il doit s'addresser. Mais quand la seigneurie ne seroit pas partie du patrimoine de l'Eglise, le Fermier ne pourroit pas pretendre d'en iouir au préjudice des heritiers de feu M. le Prince de Conty, qui ne l'abandonneroient pas, si le Conseil de S. A. n'auoit condamné sa possession, lors qu'il adjugea la seigneurie à M. l'Abbé par vn iugement rendu sur les productions des parties, apres auoir ouy le nommé Mariane deputé des habitans de sainct Tibery, lors duquel iugement M. l'Abbé n'auoit pas encore recouuert tous les actes qu'il a produit au Conseil du Roy; Comme est entr'autres l'Arrest du grand Conseil de l'année 1546. concernant la barque en la possession de laquelle l'vn de ses predecesseurs auoit esté maintenu par deux Arrests, l'vn du Parlement de Tolose, l'autre du grand Conseil.

INVESTITVRE FAITE A DVRANT
Aymery par l'Abbé de Saint Tibery en qualité de Seigneur, en date du 24. Ianvier 1126.

IN nomine Domini, ego Arnaldus Abbas Monasterij Sancti Tiberij, dono & laudo, per acapitum tibi Duranto Aymerico & vxori tuæ, & filiis tuis, & ad illos, & ad illas, quibus tu donare, vel dimittere, vendere, & impignorare voluetis, cum nostro consilio, totum hortum cum riparia, & totum hoc quod isti horto pertinet qui fuit de Petro Aimerico fratre tuo: & per talem conuenientiam dono istum hortum tibi Durante quod habeas & teneas, tu,& vxor tua & filij, & tui mandatarij,sicut habuit & tenuit Petrus Aimericus frater tuus; & ex isto horto tu donas nobis & nostris duas thascas, & medietatem lignorum. Et per istum acapitum, tu Durandus donas mihi Arnaldo Abbati, 14. solidos Bitter. Et iste hortus est ad ripam Tongæ,inter hortum Hospitalis,& hortum pontij de Tonga. Et hoc donum facio ego Arnaldus Abbas, cum consilio & laudamento, Raymundi Prioris, & Petri Ricardi, & aliorum Monachorum. Facta charta 18. Kal. Febv. indictione 6. luna 18. epacta 25. anni ab incarnatione Domini 1116. regnante Ludouico Rege. Seguinus filius Duranti, Guillelmus Sala, Petri Clerici, Bernardi Ecclesiæ, Petri Bancij, Petri Hugonis, Petri Guillelmi de Crosi, Bernardus Amantius scripsit.

1116.
Vide la se-
conde prod.
de M. l'Abbé,
cotte A.

Vente faite par Barnier de Magalas à l'Abbé de Saint Tibery, d'vn fief qui releuoit de l'Abbé en qualité de Seigneur en l'année 1204.

IN nomine Domini Iesu Christi, anno eiusdem Incarnationis 1204. mense Sept. Philippo Rege regnante. Notum sit omnibus hominibus hanc chartam audientibus. Ego Barnetius de Magalato, & nos fratres eius, ego Berengarius, & ego Raymundus omnes nos in simul, per nos, & per omnes hæredes nostros præsentes & futuros, bona fide, & sine omni dolo, consilio tamen & assensu Sicardis matris nostræ, & nostrorum patruorum, scilicet Bernardi Abbatis iuncelli, & Beraldi Monachi sancti Tiberij, & Sacristæ. *Vendimus*, & cum hac publica scriptura, in perpetuum valitura, tradimus tibi Domino Berengario Abbati sancti Tiberij, & successoribus tuis, & fratribus eiusdem Monasterij præsentibus, & futuris,ad omnes vestras vestrorumque voluntates faciendas. Totum videlicet festaralarium, quod nos habemus, & prædecessores nostri habuerunt, in villa siue in Burgo sancti Tiberij : sicut melius & plenius, ipsi prædecessores nostri visi sunt habuisse,tenuisse, & possedisse. Præfatum festaralarium, & omnes redditus,& obuentiones ipsius,vobis prædictis vendimus. Et cum hac charta tradimus, pro duodecim millibus solidis Melgoriensibus Monetæ. Quam pecuniam totam & integram, fatemur nos habuisse & percepisse ; ita plenarie, quod , nihil penes vos remansit indebitum. Et ideo non numeratæ pecuniæ exceptioni renuntiamus. *Fatemur autem, quod prætextatum festaralarium tenebamus à vobis in feudum, &c.*

Septembre

Ibidem,

Abbregé de la déposition des Témoins oüys dans l'enqueste faite à la requeste des Officiers du Roy en 1272. & 1273.

1272. & 1273.
Vide l'en-
queste dans
la derniere
prod. de M.
l'Abbé du
Juillet 1667.

LEs Officiers du Roy opposoient à l'Abbé de saint Tibery, que le R'oy estant au lieu & place de Trincauel depuis la cession d'Amaury de Montfort de 1223. il estoit Seigneur de ce lieu ; d'autant, disoient-ils, que l'Abbé n'auoit cette Seigneurie que par l'engagement qu'en auoit fait R. Trincauel à Raimond Abbé de saint Tibery : l'Abbé soustenoit au contraire qu'il la possedoit allodialement. Il y eut des enquestes faites respectiuement, par lesquelles il fut prouué,

Primò, Que depuis quatre-vingts ou cent ans il n'y auoit point eu dans S. Tibery d'Abbé de ce nom de Raimond, les témoins nommerent tous les noms des Abbez depuis quatre-vingts ans sur les dix premiers articles de l'enqueste, parmy lesquels il ne s'en trouua pas aucun qui s'appellât Raimond. *Vide* les témoins depuis le premier iusques au vingtiéme.

Secundò, Qu'il estoit Seigneur jurisdictionnel, & qu'il prenoit la leude sur le pont de saint Tibery les trois iours de la feste du Patron. *Vide* sur le dix-huitiéme article les dépositions des témoins, du premier témoin, fol. 1. v. du huitiéme, fol. 5. du neufiéme, fol. 5. v. du onziéme, fol. 6. & de plusieurs autres.

Tertiò Que Rostain de Montpesat prenoit portion de la leude du pont auant la conqueste de Simon de Montfort, laquelle estoit possedée par Guiraud de Lodesue, lors de l'enqueste, *vide* sur le 20. art. les dépositions des témoins, du premier, fol. 1. verso, du troisiéme, fol. 3. du quatriéme, fol. 3. v. du dixiéme, fol. 5. v. du douziéme, fol. 6. v. & de plusieurs autres.

Il prouua encore que Simon de Montfort, apres qu'il eut conquis le Vicomté de Beziers, ioüit de cette grande leude; *vide* fol. 4. témoins 16. *nota, que si Trincauel eust esté Seigneur de saint Tiberi, Simon de Montfort qui prit possession de tous les biens de ce seigneur, auroit aussi bien pris possession de la seigneurie de saint Tiberi, comme il fit de la leude du pont de ce lieu qui auoit esté de Trincauel, ce qui marque que l'Abbé estoit seigneur de saint Tiberi du temps que Trincauel viuoit.*

Quartò, Il fut aussi prouué que l'Abbé ioüissoit de la petite leude dans saint Tibery, dans tout le distroit du lieu, en qualité de Seigneur, *vide* sur le 23. art. les dépositions des témoins, du premier, fol. 2. du troisiéme, fol. 3. du septiéme, fol. 5. du dixiéme, fol. 5. v. du onziéme, fol. 6. du douziéme, fol. 6. v. & de plusieurs autres.

Quintò, Il fut prouué encore, qu'en qualité de Seigneur les criées publiques du lieu se faisoient en son nom ; *vide* sur le 24. 25. & 31. art. les depositions des témoins, du premier, fol. 2. du deuxiéme, fol. 2. v. du cinquiéme, fol. 3. v. du sixiéme, fol. 4. v. les huit, neuf, dix, & presques tous les autres disent la mesme chose.

Sextò, Il fut encore prouué sur les articles 27. 28. & 29. qu'en qualité de Seigneur il auoit droict de ban vin, *vide* les dépositions des témoins, deux, trois, quatre, cinq, six, iusques au seiziéme, & autres qui disent tous de mesme.

Septimò, Il fut aussi prouué qu'en cette qualité il créoit les Notaires dans le lieu, *vide* les dépositions des témoins, du deuxiéme, fol. 2. du quatriéme, fol. 3. v. du neufiéme, fol. 5. v. du dixiéme, fol. 6. du onziéme fol. 6. verso outre plusieurs autres.

Tranſaction paſſée entre le Senéchal de Carcaſſonne & Beziers , & l'Abbé
de ſaint Tibery, pour raiſon de la ſeigneurie du lieu.

IN nomine Domini Patris omnipotentis & Filij & Spiritus Sancti , Amen. 1273.
Per præſentis ſeriem inſtrumenti, pateat vniuerſis tam præſentibus quàm fu- Vide la 2-pro-
turis, quod ſuborta materia quæſtionis inter Curiam Bitterris, Sereniſſimi Do- duction de M.
mini Regis Franciæ agentem ex vna parte , & Dominum Guillelmum quondam l'Abbé , cotte
Abbatem & Conuentum Monaſterij ſancti Tiberij Agathenſis Diœceſis defen- A.
dentes ex altera ; ſuper mero Imperio , & Iuſtitiis maioribus & coërtionibus pe-
cuniariis villæ ſancti Tiberij, & terminorum & pertinentiarum eius, quæ dicebatur olim fuiſſe à Domino Raymundo Trencauelli quondam Vicecomite Bitter-
renſi; Domino Raymundo tunc Abbati ſancti Tiberij, pro certa ſumma pecuniæ
pignori obligata, vt dicebatur contineri in quibuſdam inſtrumentis inde factis,
quæ non poterant inueniri ; & ſuper annua alberga ſeu giſta, quam Vicecomes
Bitterrenſis quolibet anno ſemel cum palea, & ſemel cum herba, in dicto habere
monaſterio dicebatur. Pro cuius Vicecomitis iure, ad prædictum Dominum Regem hæc dicebatur pertinere, parte aduerſa hoc negante & ad ſe pertinere aſſe-
rente. Inquæſtiſque ſuper his inchoatis, procurator Domini Regis requirendo &
ſaluando, & diutius agitatis diuerſorum Seneſcallorum & Iudicum temporibus;
& poſtremo quaſi ad finem perductis, coram magiſtro Bartholomæo de Podio
Domini Regis Clerico , Iudice Carcaſſonæ Auditore à Domino Guillelmo de
Cohart milite, quondam Seneſcalli Carcaſſonæ & Bitterris ſuper iis deputato.
Tandem propter rem dubiam , & litem incertam, de omnibus prædictis facta
fuit tranſactio , ſeu amicabilis compoſitio, inter Dominum Ioannem de Cultura
militem Domini Regis Seneſcalli Carcaſſonæ & Bitteris pro Domino Rege ex
vna parte, & Dominum Bermundum Dei gratia nunc Abbatem ſancti Tiberij
& Conuentum ipſius monaſterij ex altera, in hunc modum videlicet; quod Abbas
memoratus & Bermundus de Neſiariis Prior Eccleſiæ Beatæ Mariæ de Seri-
gnano, Raymundus Cartal Prior Eccleſiæ de caſtronouo , & Raymundus de
Hoſpitali Cellarius monaſterij ſancti Tiberij, monachorum eiuſdem loci, Procuratores, Scindici vel actores, ab Abbate & Conuentu prædictis cum mandato
legali ad hoc ſufficienter & ſpecialiter conſtituti; pro ſe & dicto Conuentu &
omnibus ſucceſſoribus ipſorum. Caſtrum & villam ſancti Tiberij, *quæ tenentur*
pro libero allodio, ſicut dicunt, & cum dominationibus, iuriſdictione, iuſtitiis altis &
baſſis, & mero & mixto imperio, & terminis , iuribus, & omnibus pertinentiis ſuis,
à Sereniſſimo Domino Philippo Dei gratia Rege Francorum illuſtriſſimo; & à
prædicto domino Seneſcallo pro ipſo in feudum recepèrunt, & ſe ab ipſo domino
Rege in feudū de cætero tenere & non ab aliquo, alio domino recognouerūt. Vo-
lentes, & cōcedentes, quod dominus Rex & ſui ſucceſſores, ibi ſemper habeāt iuſti-
tias falſæ monetæ, ſi ibi cuderetur, fieret, vel tingeretur, & læſæ Majeſtatis. Abbates
ſi ab aliquo necarentur. Et quæ pro cenſu ſeu ſeruitio, & pro recognitione dicti
feudi; prædictum monaſterium & Abbas memoratus, & eius ſucceſſores qui pro
tempore fuerint, dent & ſoluant, & dare & ſoluere teneantur prædicto domino
Regi, & eius ſucceſſoribus in perpetuum, & pro ipſis Seneſcallis Carcaſſonæ qui
pro tempore fuerint, vnum Auſturem ſaurum, formatum & acceptabilem, vel
quinquaginta ſolidos turonenſes, quàm plus maluerint perſoluentes, in Palatio
vel domo domini Regis; apud Bitterram, in quindenis feſti Natiuitatis beati
Ioannis Baptiſtæ annuatim. Et per hæc amicabili compoſitione ſeu tranſactione,
prædictus dominus Seneſcallus, pro domino Rege & ſuis recipiens, omnia hæc
Abbati & Conuentui & Monaſterio prædictis pro ipſo domino Rege. Caſtrum
& villam S. Tiberij cum mero & mixto imperio & cum iuſtitiis omnibus & iuri-

L

bus & pertinentiis suis, concessit in feudum. Et omnes prædictas quæstiones maio_
rum iustitiarum, & coertionum pecuniariarum & corporalium, & merum &
mixtum imperium dicti loci, & albergas supra dictas, cessit dereliquit & concessit
eis, ac in perpetuum acquitauit. Saluis domino Regi & successoribus suis imperio
dicti feudi, & iustitias falsæ monetæ, & læsæ Majestatis, prout supra continetur. Et
saluis eidem domino Regi, propter hanc transactionem vel compositionem, suo
Pedagio Pontis S. Tiberij, & sua parte leudæ quam percipit in villa S. Tiberij in
die Mercati. Et suis iustitiis dicti Pedagij, & suæ partis dictæ leudæ, & exercitus
quæ habet in hominibus dictæ villæ. Et salua domino Regi alberga decem mili_
tum pro termino de Nataliano, pro qua dictum monasterium præstat eidem do_
mino Regi viginti solidos turonenses annuatim. Et saluis ei hæresibus & foedi_
mentis quæ ibi habet sicut in aliis villis monasteriorum huius terræ saluis etiam
dicto monasterio, tribus festiuitatibus S. Tiberij, in quibus monasterium percipit
dicti pontis pedagium annuatim sicut est consuetum; & omnibus aliis suis iuribus,
quæ habet in locis supradictis. Fuit etiam actum & conuentum expresse inter par_
tes supradictas, quod si dominus Rex hanc compositionem seu transactionem in_
fra annum integrum non duxerit approbandam, & suo sigillo munitam, prædicto
monasterio confirmandam, & tradendam, ex tunc lapso anno, omnia supradicta
pro non scriptis, pro non dictis & pro infectis pœnitus habeantur. Et quod causæ
quæstionum prædictarum & omnium aliarum quæ superius continentur sint in
eodem statu quo ad possessionem & proprietatem, & quo ad omnia alia su_
pradicta in quo erant antequam hæc transactio fieret vel de ea tractaretur. In_
super fuit actum, & conditum inter partes supradictas, quod predicta composi_
tione seu transactione, cum sigillo pendenti domini Reges vt dictum est confir_
mata prædictum feudum, propter cessationem dicti census non soluti aliquo
tempore, non possit cadere in commissum; nec per decursum cuiuscumque tem_
poris, longi, longioris, longissimi, vel longæui, in dicto feudo vel censu, contra do_
minum Regem possit prescribi, vel in aliquo per aliquam præscriptionem præ_
iudicium generari. Acta fuerunt hæc apud Biterram, in palatio regali inter Do_
minum Senescallum & Procuratores memoratos nomine Domini Regis & Ab_
batis & Conuentus prædictorum. In præsentia, & testimonio Magistri Bartho_
lomæi de Podio Domini Regis Clerici, iudicis Carcassonæ, Domini P. Dei gra_
tia Abbatis sancti Aphrodisij Bitterrensis Domini Rimbaldi de Saluio militis iu_
dicis dicti Domini Senescalli, Domini Bertrandi de Lodoua Prioris de Manso
Sanctarum Puellarum, Petri de Manso Notarij, Raymundi Brisiacij Notarij de
Cessenone, & mei Augerij de Afriano publici Bitterrensis Notarij, qui mandatus
à prædictis hæc scripsi, & in hanc formam publicam redegi. Anno Natiuitatis
Christi millesimo ducentesimo septuagesimo tertio vndecimo Kalendas Maij,
& signaui regnante Philippo Rege Francorum.

Lettres Patentes de Philippes troisiesme, portant confirmation de la transaction de 1273.

1273.
Vide lar. pro_
duite de Mon_
sieur l'Abbé
C.... à

PHILIPPVS Dei gratia Francorum Rex. Notum facimus vniuersis,
tam præsentibus quam futuris, quod cùm inter Curiam nostram Bitterren_
sem, nomine nostro, ex vna parte, & Abbatem & Conuentum Monasterij san_
cti Tiberij Agathensis Diocesis ex altera, contentio mota fuisset, super mero
Imperio, majoribus iustitijs, & coertionibus pecuniarijs, villæ sancti Tiberij,
& terminorum & pertinentiarum eius, quæ dicebantur olim fuisse, à Raymun_
do Trincauelli, quondam Vicecomite Bitterrensi, Abbati dicti Monasterij,
pro certa summa pecuniæ obligata, necnon super annua alberga seu gista quàm
ab ipso Monasterio nobis deberi dicebamus; quæ omnia nostra pars asserebat
ad nos pertinere debere, parte aduersa hoc negante, & ad se ea spectare dicen_

te. Demum super his, inceptis inquæstis, & diutius agitatis, & iam quasi ad finem perductis, propter rei dubietatem & litis incertitudinem, de omnibus supradictis, inter Ioannem de Cultura militem, Senescallum nostrum Carcassonæ & Bitterris, pro nobis ex vna parte. Et dictos Abbatem & Conuentum pro se & suo prædicto Monasterio & omnibus successoribus ipsorum, ex altera. Inita extitit transactio, seu amicabilis compositio; talis videlicet, quod idem Abbas & Conuentus, pro se & successoribus suis, Castrum & Villam sancti Tiberij, *quæ in liberum allodium* se tenere dicebant, cum dominationibus, jurisdictione, & iustitijs altis, & bassis, mero, & mixto Imperio, terminis, iuribus, & omnibus pertinentijs suis; de nobis in feudum receperunt, & se à nobis, & non ab alio Domino, de cœtero in feudum tenere recognouerunt. Ita quod nos & successores nostri, ibi semper habebimus iustitiam supra falsa moneta, & læsæ crimine Majestatis. Et quod pro censu seu seruitio, & pro recognitione dicti feudi, præfati Abbas & Conuentus, & eorum successores, nobis & successoribus nostris, vel nostro aut eorum mandato, dare tenebuntur in domo nostra apud Bitterras, in quindenis Natiuitatis Beati Ioannis Baptistæ, quolibet anno deinceps; vnum Austurem saurum, formatum, & acceptabilem, vel quinquaginta solidos turonenses, si hoc maluerint soluentes. Et per hanc amicabilem compositionem, seu transactionem. Prædictus Senescallus pro nobis, dictis Abbati & Conuentui, & eorum Monasterio, Castrum & Villam sanct Tiberij, cum mero, & mixto imperio, & cum iustitijs omnibus, & iuribus, & pertine rijs suis, in feudum concessit, necnon omnes prædictas quæstiones majorum iustitiarum, & coërtionum pecuniariarum, & corporalium, & merum, & mixtum imperium dicti loci, & albergas supradictas, dereliquit in perpetuum & quitauit. Saluis nobis & successoribus nostris, iure dicti feudi, iustitijs falsæ mouetæ & læsæ Majestatis. Saluis etiam nobis, & successoribus nostris, pedagio nostro pontis sancti Tiberij; & parte leudæ quam percipimus in Villa sancti Tiberij die mercati, & nostris iustitijs eorumdem. Et exercitu quem habemus, in hominibus dictæ villæ, & albergâ decem militum, pro termino Nataliano, pro qua Monasterium præstat nobis viginti solidos turonenses annuatim. Hæresibus insuper & fœdimentis, quæ inibi sunt vt in alijs villis Monasteriorum terræ illius habemus. Saluis quoque dicto Manasterio, tribus festiuitatibus sancti Tiberij, in quibus percipit sicut consuetum est, pedagium dicti pontis. Et omnibus alijs juribus, quæ habet in locis supradictis. Actum fuit præterea inter partes ante dictas, quod propter cessationem dicti census non soluti, aliquo tempore, prædictum feudum non possit cadere in commissum, nec contra nos præscribi valeat in ipso feudo vel censu prædicto, per decursum cujuscumque temporis, longi, longioris, longissimi, vel longæui. Prout hæc omnia in confecto exinde publico instrumento expresse & plenius vidimus contineri. Nos autem hujusmodi compositionem, seu transactionem, ratam, & gratam habentes, concedimus eam approbamus; & authoritate regia confirmamus. Saluo in alijs iure nostro, & iure in omnibus alieno. Quod vt ratum & stabile permaneat in futurum præsentibus litteris nostrum fecimus apponi sigillum. Actum Parisijs anno Domini millesimo ducentesimo septuagesimo tertio mense Decembris.

✳✳✳

Lettres Patentes de Philippes IV. portant confirmation de la transaction passée entre Hugues Morel, Commissaire du Roy, & l'Abbé de saint Tibery, pour raison des appellations des sentences rendues par les Officiers de l'Abbé, dans lesquelles est fait aussi mention de pareage.

PHILIPPVS Regis Francorum filius, regens regna Francorum & Nauarræ. Notum facimus vniuersis tam præsentibus quam futuris. Nos infra-

1315.
Vide la seconde prod. de M. l'Abbé, cotte A.

scriptas vidiſſe litteras, formam quæ ſequitur continentes. Hugo Morelli Prior beatæ Mariæ Montis Falconis Pettagorienſis Diocéſis, Clericus Domini noſtri Regis Francię & Nauarræ. Venerabili Patri in Chriſto Domino, R. Abbati monaſterij ſanctiTiberij, Ordinis ſanctiBenedicti, Diæceſis Agathenſis. Vniuerſis ac ſingulis quos infraſcripta tangunt vel tangere poſſunt ſalutē, & plenam præſentibus litteris perpetuo dare fidem.Litteras patētes ipſiusDomini noſtriRegis nos habere noueritis tenoris, & cōtinentiæ ſubſequentis,LudouicusDei gratia Francorū & Nauarræ Rex,dilectó & fideli Magiſtro Hugoni Morelli, Priori de Montefalcone Clerico noſtro ſalutem & dilectionem. Ad nbſtrum nuper deuenit auditum, quod in occitania lingua, nonnulli habitatores eiuſdem linguæ, nobiles, & ignobiles, clerique, ſæculares, & religioſi; quam plurima iura noſtra, & deueria nobis ſpectantia, multimode & in diuerſis caſibus diucius recelarunt, occuparunt, & etiam vſurparunt; & adhuc eadem ſibi fraudulenter appropriando detinent illicite recelata; in noſtræ Maieſtatis regiæ vituperium, iuriumque noſtrorum præiudicabile detrimentum. Quocirca nos in præmiſſis cupientes de opportuno remedio prouidere; vobis, de cuius fidelitate & induſtria plene confidimus, tenore præſentium, committimus, & mandamus; quatenus per vniuerſa loca, & ſingula dictæ linguæ vos perſonaliter conferentes, ſuper omnibus iuribus, & deueriis quibuſcumque, & in quacumque parte linguæ prædictæ, ad nos ſpectantibus, & nobis recelatis, aut quocumque modo vſurpatis, occupatis, aut alienatis illicite, vel iniuſte.Vos,cum qua poteritis diligentia, celeriter informetis, & quæcumque iura & deueria noſtra, ſic recelata, vſurpata, vel alienata, ſeu occupata, repereritis; ad ius & proprietatem noſtram,reponatis, & reuocare ſtudeatis. Recelatores, occupatores,vſurpatores,& alienatores huiuſmodi,ac etiam detentores, ad præſtandum nobis emendas condignas, occaſione præmiſſorum, ſecundum quod caſus eorum exegerit compellentes. *Si vero aliqui recelatores ſeu vſurpatores noſtrorum iurium prædictorum, vobiſcum pro recelatis, ſeu vſurpatis huiuſmodi, finare voluerint, concedimus vobis, præſentibus, & ad hoc vos ſpecialiter deputamus,* quod à quibuſcumque perſonis, religioſis, & ſæcularibus, nobilibus, & ignobilibus, cuiuſcumque authoritatis, & conditionis exiſtant; *finantias pro nobis, & nomine noſtro recipiatis & leuetis,* quodque de rebus pro quibus vobiſcum finauerint, exparte noſtra non valeant aut debeant moleſtari. Dantes omnibus & ſigulis iuſticiariis, & ſubditis noſtris, præſentibus in mandatis, vt in præmiſſis & ea tangentibus, vobis efficaciter pareant, & intendant. Actum Attrebatis 24. die Auguſti, anno Domini 1315. Cum igitur nobis proſequentibus commiſſionem huiuſmodi, denuntiatum fuiſſet, quod Abbates quidam,qui fuerunt, pro tempore, in monaſterio ſancti Tiberij ſupradicto, occupauerant, & vſurpauerant, in damnum & præiudicium dicti Domini Regis, ſibi, & dicto monaſterio, cognitionem, & deciſionem primarum appellationum, quas tam à quibuſcumque iuriſdictionem exercentibus, authoritate ipſius Abbatis, quam à conſulibus, quam à probis hominibus dicti loci ſancti Tiberij, coniunctim, vel diuiſim, in Burgo ſancti Tiberij ſicut contingebat, & quod vos Abbas prædicte, cognitionem, & deciſionem eaſdem vobis & dicto monaſterio, ex occupatione, & vſurpatione huiuſmodi nitebamini vendicare. Et nos iuxta formam commiſſionis prædictæ, ſuper iis procedere ad informationem vellemus. Idque ad veſtri Abbatis notitiam peruenſiſſer, & ob hoc vobis & diſcreto viro Magiſtro Andraſij Procuratore Regio, in Seneſcallia Carcaſſonenſi, in qua eſt Monaſterium ſupradictum, per quem volebamus ſuper præmiſſis plenius informari, in noſtra ſuper hoc præſentia conſtitutus, coram nobis proponere curauiſtis, quod cognitio & deciſio primarum appellationum, quæ fiebant à Sententiis, per Conſules & probos homines ſancti Tiberij, conjunctum, vel ſeparatim, ſuper criminibus promulgatis, pertinebant ad vos Abbatem & Monaſterium veſtrum de iure communi. *Cum ſitis immediatus Dominus, & ſuperior Conſulum, & proborum hominum eorumdem, & ſuper eos, & in burgo prædicto, & eius diſtinctu, iuriſdictionem ordinariam, & merum, & mixtum imperium,habeatis,* & quod eratis in ſaiſina & poſſeſſione vel quaſi de talibus appellationibus cognoſcendi.Aſſeruiſtis etiam,quod cognitio,& deciſio aliarū primarum

appellationum,

appellationum, quæ à quibuſcumque officialibus veſtris & miniſtris fiebant, ex antiquo vſu & obſeruantia vel conſuetudine ; ad vos & ad veſtrum Monaſterium pertinebant, & quod idem Monaſterium, vos, & Abbates qui ante vos inibi præfuerunt, eratis in antiqua & notoria ſaiſina, & poſſeſſione, ſeu quaſi iudices huiuſmodi appellationum habendi, & per ipſos cognoſcendi de illis, & eas etiam terminandi, à qua quidem poſſeſſione & ſaiſina, ſedem iura, & areſta Regia, non debebatis vt dicebatis expelli, vel in ea quomodocumque impediri, turbari, vel moleſtari ; licet vt aſſeruiſtis per curiam Regiam Carcaſſonæ & Biterræ, à breui tempore citra iniurioſe impediremini, ſuper ea quod ad vtraſquéappellationes prædictas, & etiam de cognitione & deciſione ipſarum primarum appellationum, tam per prædictum procuratorem Regium, quam per Conſules & vniuerſitatem hominum ſancti Tiberii, aſſerentes cognitionem & deciſionem huiuſmodi ad dictum Dominum Regem ſpectare, vobis quæſtio referretur. Et ſuper hoc litigaretur etiam inter vos, & procuratorem, Conſules & vniuerſitatem prædictos, tam coram quodam Commiſſario Seneſcalli Carcaſſonæ, quam in Curia Regia Biterrenſi, & cum ſuper præmiſſis, diutius diſceptatum fuiſſet, vos Abbas, aſſerentes, quod licet de iure veſtro & veſtri Monaſterij ſupradicti plene confideretis; vt tamen litium vitaretis anfractus, laboribuſque parceretis pariter & expenſis, ac quieti poſſetis veſtri Monaſterij prouidere, & vt facilius ad pacem & concordiam veniretis, cum procuratore, Conſulibus, & vniuerſitate prædictis, dictæque lites, propter iudicialem ſtrepitum ſopirentur, dixiſtis vos velle componere, tranſigere, & finare nobiſcum, ſuper cognitione, deciſione, & litibus, ſupradictis. Noſque actis huiuſmodi litium diligenter inſpectis, & iuribus tam dicti Domini Regis, quam veſtri Abbatis & Monaſterij examinatis attente, & habito ſuper hoc diligenti tractatu, cum procuratore prædicto, & aliis multis peritis, & probis clericis, & officialibus dicti Domini noſtri Regis. Vos Abbatem præfatum, ſuper præmiſſis recepimus ex poteſtate ſeu commiſſione noſtra prædicta, ad compoſitionem ſeu finantiam infra ſcriptam ; videlicet quod cognitio deciſio, & plena deffinitio, dictaru̅ primarum appellationum, quas ſcilicet in quibuſcumque cauſis & caſibus à quibuſcumque curialibus veſtri Abbatis, & Conſulibus, & probis hominibus, ſupradictis, ſeu eorum Sententiis prolatis per ipſos Conſules ſolos, ſiue per probos homines tantum, vel coniunctim per Conſules & probos homines, quæ emittentur pro tempore, & quæ iam ſunt emiſſæ, & adhuc pendere noſcuntur ad vos & veſtrum Monaſterium pertineant pleno iure, & ad iudicem appellationum, per vos Abbatem jam deputatum, ſeu per vos vel per ſucceſſores veſtros pro tempore deputandos. Quodque de dictis appellationibus, quæ adhuc pendere noſcuntur, & de aliis etiam ſi quas pro tempore ad dictum Dominum Regem, vel aliquam eius curiam à dictis veſtris curialibus, ac Conſulibus, & probis hominibus, contingit interponi ; fiat remiſſio ad iudicem appellationum veſtri Abbatis, vel Monaſterij, qui nunc eſt & erit pro tempore, abſque dilatione & difficultate quacumque. Præmiſſa vero & infraſcripta, ex eo concedimus, quod vos Abbas prædictus, pro compoſitione huiuſmodi ſeu financia, dicto Domino Regi dare & ſoluere tenemini, & efficaciter promittetis vos daturos ſeptingentas libras, bonorum Turonenſium, de quibus incontinenti, quingentas libras ſoluetis, & reſiduas ducentas libras tradetis, & exſoluetis, nobis vel alij habenti poteſtatem recipiendi ſolutionem huiuſmodi, à dicto Domino noſtro Rege, à Feſto Paſchæ Domini, proxime venturo in annum, *nec non aſſociationem facietis nobiſcum*, nomine dicti Domini Regis, quorumlibet emolumentorum, quæ prouenient in condemnationibus quorumcumque criminum, & maleficiorum, commiſſorum, in burgo ſancto Tiberio, & eius pertinentiis, vſque in diem præſentem, pro vt plenius modus & conditiones aſſociationis continere videbuntur in quodam inſtrumento publico conficiendo, per Raymundum Aimancij Notarium infraſcriptum, & pro huiuſmodi financia, nos Prior prædictus, ex poteſtate & auctoritate à prædicto Domino Rege nobis in hac parte conceſſa, ex vigore ſupradictæ commiſſionis, omne ius quocumque modo competens, vel

M

quomodolibet competere pollet, ipfi Domino noftro Regi, in cognitione, exa-
minatione, dicifione, & diffinitione, omnium prædictarum primarum appellationum, vobis remittimus, & quittamus, & in vos, & veftrum Monafterium, illud
omnino transferimus, modo quo poffumus meliori. Et omnem quæftionem, &
demandam quæ vobis Abbati & veftro Monafterio occafione, ratione, vel caufa
ipfarum primarum appellationum, per ipfum Dominum Regem, procuratorem,
Patronofue caufarum, & iurium ipfius, & quoflibet miniftros, feu officiales
ipfius Domini Regis, nec non per quoflibet alios, occafione vel caufa iuris com-
petentis, ipfi Domino noftro Regi, fuper appellationibus fupradictis, de prædictis, fit, factaue eft, vel fieri poffet, tollimus, & reuocamus, renuntiamufque
etiam omnibus litibus, caufis, & controuerfiis pendentibus, inquibufcumque
curiis ipfius Domini noftri Regis, & coram quibufcumque iudicibus, fuper primis appellationibus prædictis, earumque cognitione, & diffinitione, fiue per procuratorem, Regium, fiue per Confules dicti loci de fancto Tiberio, eorum procuratores, feu Sindicos, occafione iuris Domini noftri Regis, conjunctim, vel
diuifim lites, feu caufæ huiufmodi ducerentur, ipfafque lites, & caufas, fuper præmiffis pendentes fopitas effe volumus & finitas. Et quod vos Abbas prædictus, vel
Monafterium veftrum, fucceff00refue veftri, inquietari, moleftari, vel ad iudicium trahi non poffitis, vllo vnquam tempore, ratione, vel caufa, cognitionis,
vel decifionis dictarum primarum appellationum, litium, vel caufarum motarū, &
pendentium, pro eifdem; & quod præfens noftra renūntiatio, quittatio, & re-
miffio, parem vim & robur, efficaciam obtineat, ac fi pro vobis Abbate & Monafterio, & contra procuratorem, Confules, & vniuerfitatem, prædictos, fuper
prædictis primis appellationibus, earum cognitione, & definitione, in competenti
iudicio legitime Sententia lata fuiffet, quæ fic efficaciter tranfiuiffet, in rem iu-
dicatam, quòd ab eā appellari, reclamari, vel fuplicari, non poffet; bonæque
fide promittimus, vice & nomine dicti noftri Regis, vobis Abbati, pro vobis &
veftro Monafterio folemniter ftipulanti, ipfum Dominum Regem, nos, vel
aliquem pro eodem, contra præmiffa vel aliquod præmifforum, nullo vnquam
tempore venturos, ac dictum Dominum Regem, & fuos, fupra fcripta inuiolabi-
liter feruaturos. Renuntiamus infuper, nomine dicti Domini Regis, in & fuper
præmiffis, exceptioni cuiuflibet doli, & fraudis, actioni in factum, conditioni,
ob caufam, & fine caufa, & generaliter, omnibus iuribus, exceptionibus, deffen-
fionibus, quibus præmiffa vel aliquod de præmiffis infringi, reuocari, vel annu-
lari, valerent. Concedimufque vobis Abbati prædicto, vt tam vos quam fuc-
ceffores veftri, in antea libere & abfque impedimento, turbatione vel moleftia,
non faciendis per procuratorem, feu alias gentes Domini noftri Regis, vel
alios quoflibet occafione, vel caufa iuris ipfius Domini noftri Regis, iudicem feu
iudices deputare poffitis, fuper primis appellationibus fupradictis, earum cognitione, & definitione, & quod ipfe iudex feu iudices, tam de pendentibus caufis
appellationum, quam de omnibus aliifque impofterum emittentur à curialibus
veftris, Confulibus, & probis hominibus loci prædicti conjunctim, vel diuifim,
cognofcant, libere decidant, & definiant, fine turbatione & impedimento, quocumque. Omnia vero fupradicta concedimus, & promittimus, ipfius Domini
noftri Regis, in omnibus voluntate retenta, & ad plenam fidem & teftimonium
præmifforum, præfentes litteras, per infrafcriptum Raymundum ipfius Domini
Regis Notarium, fcribi, & in formam publici inftrumenti redigi mandauimus.
Et figllli noftri appenfione muniri, de quibus omnibus & fingulis fupradictis, prænominati Domini Hugo, & Abbas, petierunt, fibi fupra nomine, feu quibus
fupra nominibus, vnum, vel plura fieri publica inftrumenta; quod vel quæ voluerunt & concefferunt, quod poffint fieri & refici, femel & pluries, producere
in iudicio, vel non, & in eis addi, diminui, corrigi, & emendari, toties quoties,
opus erit ad dictamen fapientis, vel fapientum quorumlibet, facti fubftantia non
mutata. Acta fuerunt hæc in hofpitio, Hugonis de Felgeriis, quod habet iuxta
turrim Domini noftri Regis prælibati, fitam in capite pontis Auenionis, die 23.

mensis Martij anno Incarnationis Domini 1315. prædicto Domino Ludouico illustrissimo Rege, Francorum & Nauarræ regnante. Testes præsentes interfuerunt vocati & rogati, Dominus Raymundus Souberani, decretorum Doctor, fratres Guillelmus de Aquis viuis, Prior claustralis Monasterij sancti Tiberij, & Priorde Galano, ac Anglicus Grimoaldi Eleemosinarius dicti Monasterij, & Monachi, Dominus Guillelmus Maurelli, rector Ecclesiæ de Castellione, Dominus Ioannes Duranti, rector Ecclesiæ Podij Danielis, Diocesis Tolosanæ, Magister Bertrandus Burlandi, Notarius de Rupemaura, & ego prædictus Raymundus Aymancij, publicus authoritate dicti Domini nostri Regis, in Senescalia Bellicardi, & Nemausi Notarius, qui vna cum prænominatis testibus, prædictæ compositioni, seu financiæ, & alijs præmissis omnibus interfui, & de mandato & requisitione prædictorum dominorum, Prioris & Abbatis, hæc scripsi & in publicam formam redegi, meoque signo signaui. Nos autem compositionem, financiam, & omnia alia supradicta, quantum ad nos pertinet rata habentes & grata ea volumus, laudamus, & approbamus, & ex certa scientia confirmamus. Saluo in alijs iure regio, & in omnibus quolibet alieno, quod vt ratum & stabile permaneat in futurum præsentibus litteris, nostrum quo ante dictorum regnorum susceptum regimen vtebamur, fecimus apponi sigillum. Actum Parisiis anno Domini 1316. mense Augusto.

Acte par lequel l'Abbé de S. Tibery appelle le Roy en parçage pour cinq ans seulement, dans la Iustice Criminelle.

IN nomine Domini, Amen. Anno Incarnationis eiusdem 1315. die 23. mensis Martij, Domino Ludouico Dei gratia Rege Francorum & Nauarræ regnante. Nouerint vniuersi presentes pariter & futuri, quod cum venerabilis Pater in Christo, Dominus R. Abbas Monasterij S. Tiberij, Ordinis S. Benedicti, Diocesis Agathensis. *Quandam compositionem.* Seu financiam fecisset, cum venerabili vero domino Hugone Morelli, Priore Beatæ Mariæ, Montisfalconis, Diocesis Petragoriensis, Clerico Domini nostri Regis Francorum & Nauarre, Commissario deputato, per ipsum Dominum Regem. Super inquirendis iuribus occupatis, vsurpatis, & recelatis, spectantibus ad ipsum Dominum Regem. In tota lingua occitania, & reducendis ad manum ipsius Domini Regis; super *primis appellationibus*, Emissis vel emittendis, à quibuscumque curialibus domini Abbatis, prædicti ac à Consulibus & probis hominibus dicti loci S. Tiberij, coniunctim, vel diuisim, nec non cognitione, decisione, & definitione dictarum primarū appellationum, pro vt in quodā instrumento publico, recepto per me Notarium infrascriptū, & sigillato sigillo dicti domini Prioris, super compositione, financia supradictis, vt plenius ac perfectius continetur. Idem dominus Abbas, ibidem asseruit, ad eius notitiam nouiter peruenisse quod quidam habitatores memorati loci seu burgi de S. Tiberio, multa grauia & enormia delicta, commiserant quæ vrgente conscientia, & vtilitate publica exigente, impunita remanere nolebat, imo potius delinquentes predictos debita cupiebat pœna puniri, & eorum correctione, debita ceteri à committendis maleficiis, retrahantur. Et quia vt idem Abbas asseruit, ea quæ fiunt per Officiales & gentes dicti Domini nostri Regis, sic debite & mature aguntur; quod omnis euitatur oppressio, nullaque iniustitiæ, & iniquitatis materia datur. Idcirco, vt omnia quæ agentur, & fient, in inquisitione delictorum, & commissorum punitione, & correctione, subditorum ipsius domini Abbatis, sine omni iniuria & suspicione procedant, voluit concessit & consensit, idem dominus Abbas vt tam per eum quam per dictum dominum Priorem vel alium ad hoc ex parte Domini Regis potestatem habentem, iudex vel iudices communes, & alij ministri ponantur & deputentur ad inqui-

23. Mars.

1315.

Vide la dern. prod. de M. l'Abbé, du 7 Iuillet 1667.

rendum, cognoscendum, puniendum, & diffiniendum, de omnibus criminibus commissis, & delictis, quorumcumque subditorum, ipsius domini Abbatis, clericis, & qui gaudere debent priuilegio clericali, duntaxat exceptis. Quorum cognitio, & punitio, quibuscumque iure occasione, vel causa, vsque in praesentem diem spectant, & pertinent, vel spectare & pertinere possunt ad dominum Abbatem praedictum. Ita quod medietas omnium emolumentorum quae ex poenis & condemnationibus resultabunt, & peruenient, lucro, & commodo cedant ipsius Domini nostri Regis, & alia medietas sit ipsius domini Abbatis. Acto tamen & retento expresse, per dominum Abbatem praedictum, quod inquisitiones delictorum & criminum praedictorum, & quaecumque prosequutiones causarum, prouenientes, vel emergentes, ex inquisitionibus, punitionibus, seu condemnationibus, criminum, commissorum, & delictorum supradictorum, fiant ad communes expensos, dictorum Domini nostri Regis, & Abbatis. Et quo in omnibus sumptibus, & expensis, quae quoquomodo occasione, praemissorum occurrent, Dominus noster Rex medietatem, & idem Abbas medietatem aliam, exsoluat; & pari modo lucrorum & emolumentornm quorumlibet prouenientium, ex praedictis, medietas acquiratur Domino nostro Regi, & alia medietas Abbati praedicto. Retinuit tamen & expresse protestatus est idem Abbas; quod si occasione, vel causa supradictorum, domus, vineae, nemora, possessiones, vel prata, vel aliae quaecumque res immobiles, peruenirent ad Dominum ipsum Regem; quod infra annum continuo, computandum, ab eo tempore quo ipsa ex causa praedicta acquirentur ipsi Domino Regi, illa tenerentur, ex sua manu ponere & dare emphiteotam vel vassallum idoneum, qui ipsi Abbati, vel alij, à quo res, vel bona, tenentur in emphiteosim, vel in feudum, de quibuscumque iuribus debitis responderet. Et quod ipse Dominus Rex, Bajulum, vel alium ministrum, quocumque nomine censeatur, non ponet nec tenebit in loco de sancto Tiberio vel eius pertinentiis, occasione quarumcumque rerum, vel bonorum, quae ad ipsum peruenient, ex causa, vel ratione praedictis, nisi aliter de iure vel de consuetudine, morari consueuerint in dicto loco S. Tiberij. Fuit etiam actum expresse per eundem Abbatem, vt, si à punitionibus, correctionibus, vel condemnationibus, poenarum impositionibus, delictorum, & criminum supradictorum, *contigerit appellari*, quod de primis appellationibus, cognoscatur per iudicem communem, in hoc casu statuendum specialiter ad hoc, per dictum dominum Priorem, nomine Domini Regis, vel per alias gentes ipsius Domini Regis, ad hoc potestatem habentes, & per ipsum Abbatem; Et hanc associationem dixit, & asseruit idem dominus Abbas, se specialiter velle facere propter compositionem & finantiam supradictas, vt lucra & emolumenta quae ex ipsa associatione ipsi Domino Regi peruenient vltra septingentas libras quas *se soluturum constituit pro financia supradicta in recompensationem cedant, & veniant financiae supradictae*. Retinuit insuper idem Abbas, & hoc sibi dictus dominus Prior, nomine dicti Domini Regis conuenit, & promisit expresse, quod executiones quae fient, quantum ad poenas corporales, super delictis, & commissis, & criminibus supradictis, fient per curiales & gentes tantùm ipsius Abbatis, & in territorio seu districtu loci praedicti de sancto Tiberio. Et assossiationem, & communionem supradictas, clare & nominatim, dixit se velle fieri super criminibus & delictis, quorum cognitio, spectat & pertinet ad ipsum Abbatem. Et in quantum ad eum pertinere poterunt vel spectare. Adjecit tamen & voluit idem Abbas quod si super aliquibus excessibus causa vel lis pendeat de praesenti contra aliquos subditos ipsius Abbatis coram quibuscumque iudicibus, ipsius Domini nostri Regis, de quibus remissionem fieri contingat, ad ipsum Abbatem, vel decernatur ad eum, cognitio vel punitio, pertinere. Etiam locum habeant cōmunio & associatio suprascriptae, & ne per praedictam associationem, Abbati praedicto vel monasterio suo, aliquod possit parari praeiudiciū. Idem dominus Abbas, dixit & expresse retinuit, quod vigore associationis praedictae, Officiales Ministri communes qui ad praemissa deputabuntur. *Vltra quinque annos nullam poenitus quo ad inquisitiones*, vel causas aut negotia non incepta habeant

potestatem,

potestatem, sed eorum iurisdictio & associatio finiant penitus & expirent, & quod
inquisitionum causarum, & litium inceptarum, sed non decisarum, *infra quinque
annos* supradictos, decisio &definitio plene reuertatur ad Abbatem prædictum,
nisi infra alios quinque dictos quinque annos immediate sequentes definitæ omnino fuerint & decisæ. Item dixit & expresse retinuit, idem Abbas de voluntate
Prioris prædicti quod propter associationem huiusmodi in nullo præiudicetur
ipsi Abbati vel monasterio quo ad alia quæ non sunt in associatione ipsa expressa.
Quodque propter hoc nullus Officialis regius debeat in sancto Tiberio continuo
residere. Et quod si Officialis regius, super præmissis deputatus, in Officialem
communem, ille de nullo alio quam de expressis in associatione prædicta se debeat intromittere, vel cognitionem, vel executionem aliquam facere, in sancto
Tiberio vel eius districtu, quodque sibi non possit nec debeat aliquid committi
faciendum vel exequendum ibidem vltra contenta, in associatione præmissa. In
criminibus vero commissis seu delictis quæ ab eo tempore fient, quo associatio
supradicta vigorem & effectum, habere locum, ipsa associatio sibi nul-
latenus vendicabit, nec super illis fit associatio, vllo modo; super illis autem criminibus & delictis, in quibus iuxta præmissa, procedet associatio & communio su-
pradictæ, nulla compositio fiet, per gentes solas, ipsius Domini Regis, sed de
communi concensu gentium suorum, & Abbatis prædicti, vel per iudicem communem, deputandum ad suprascripta, pro vt superius est promissum, dictos vero
quinque annos, dictus Abbas de consensu & voluntate dicti domini Prioris, ipsam
associationem facientis, & recipientis, nomine Domini nostri Regis, incipere
voluit computari ab eo tempore, & die, quibus dictus dominus Prior, vel alius
quicumque nomine Domini nostri Regis, litteras confirmationis, ex certa scientia ipsius Domini Regis, super compositione & financia supradictis, tradet, vel
etiam ipsum dominum Abbatem, alias prædictas litteras confirmatorias habere constabit, & in illum casum tantum, & non alium dictus dominus Abbas,
associationem prædictam, procedere vult, & intendit, in quo memoratus Dominus Rex confirmauerit, & approbauerit, ex certa scientia compositionem & financiam supradictas, & tam ipse dominus Abbas, quam Prior prædicti voluerunt, conuenerunt, & concesserunt expresse, & solemniter pacti fuerunt, quod
in casu, in quo compositionem & financiam, suprascriptas, dictus Dominus Rex,
ex certa scientia confirmare & approbare noluerit, associatio, & omnia suprascripta, nullam obtineant roboris firmitatem, imo pro cassis, nullis, irritis, & non
factis, pœnitus haberentur. De quibus omnibus & singulis supradictis, prænominati domini. Hugo, & Abbas, petierunt sibi quo supra nomine, seu quibus supra
nominibus, vnum & plura fieri publica instrumenta, quod vel quæ voluerunt, &
concesserunt, quod possint fieri & refici, semel & pluries, producere in iudicio, vel
non, & in eis addi, diminui, corrigi, & emendari, totiens quotiens opus erit ad
dictamen sapientis, vel sapientum, quorumlibet facti, substantia non mutata.
Acta fuerunt hæc in Hospitio Hugonis de Felgeriis, quod habet iuxta turrem
Domini nostri Regis prælibati, scitam in capite Pontis Auenionis, testes præsentes inter fuerunt vocati & rogati, dominus Raymundus Sobeyrani Decretorum Doctor, Fratres Guillelmus de Aquisuiuis, Prior Claustralis monasterij
sancti Tiberij, & Prior de Galanis, ac Anglicus Grimoardi, Elemosinarius dicti
Monasterij, & Monachi; dominus Guillelmus Morelli, Rector Ecclesiæ de Castellione, dominus Ioannes Duranti, Rector Ecclesiæ Podij Danielis, Diœcesis
Tolosanæ; Magister Bertrandus Burlandi, Notarius de Rupemaura, & ego
Raymundus Aymancij, publicus auctoritate dicti Domini nostri Regis, in Senescallia Bellicardi & Nemausi Notarius, qui vna cum prænominatis testibus
prædictis associationi communioni & aliis præmissis omnibus, interfui, & de
mandato, ac requisitione, prædictorum dominorum, Prioris & Abbatis, hæc
scripsi, & in publicam formam redegi. Meoque signo signaui, & Nos Hugo Com-
missarius prædictus in testimonium præmissorum, Sigillum nostrum præsenti instrumento, duximus apponendum.

N

Acte de creation des Consuls, & du serment de fidelité par eux presté entre
les mains du grand Vicaire de l'Abbé.

1331.
Vide la se-
conde prod.
de M.l'Abbé
cotte A.

Anno Natiuitatis Christi 1331. Philippo Rege Francorum regnante. Videlicet tertia die Iunij. Nouerint vniuersi quod congregata vniuersitate hominum villæ sancti Tiberij, seu majori parte eiusdem, vt ferebatur in cemeterio
& opere nouo Ecclesiæ sancti Tiberij, ad vocem præconis, pro vt in talibus est
fieri consuetum, ad infra scripta peragenda. Religiosus vir Dom. Bertrandus Bar-
teris, Monachus Monasterij sancti Tiberij, olim Prior de Nataliano, nunc vero
Eleemosinarius, dicti Monasterij Procurator & Vicarius generalis, Reuerendi
in Christo Patris, Domini Fredoli Dei gratia Abbatis dicti Monasterij. Creauit,
& dedit, in Consules Villæ & Vniuersitati prædictæ, videlicet pro scala plasse-
riorum, Bernardum de gradu, filium quondam pontij de gradu, pro scala labo-
ratorum Stephanum Febroarij, pro scala Sabateriorum, Coerariorum, & aliorum ad dictam scalam pertinentium, Petrum de Affriano. Masselarium, filium
quondam Guiraudi de Afriano, qui prænominati Stephani Febroarius, & Petrus
Aliberti, ibidem præsentes promiserunt, & ad sancta quatuor Dei Euangelia in
manibus dicti D. Procuratoris, & Vicarij, iurauerunt. *Quod fideles erunt dicto Domino*
Abbati & Monasterio prædicto, & illorum iura fideliter obseruabunt ac suũ Consula-
tus officiũ, fideliter & legaliter, exercebunt. Acta fuerunt hęc anno die & loco prædictis, in præsentia & testimonio, magistrorum I. Fossati, Bernardi de Lane Notar.
I. Richeti Phisici, Ioannis Ruffi, Bergatorum, Raymundi Petri
Domicelli, Ioannis Aymundi, Berengar Fabre Clericorum de S. Tiberio, & mei
Bernardi Belloni Notarii infrascripti. Post hoc anno & die quo supra, dictus Bernardus de gradu promisit, & ad sancta quatuor Dei Euangelica, iurauit in manibus dicti Domini Procuratoris, & Vicarij, quod *ipse erit fidelis dicto Domino*
Abbati & Monasterio prædicto, & illorum iura fideliter, & legaliter exercebit,
actum foit hoc in Monasterio sancti Tiberij, in presentia & testimonio, Magistrorum Ioannis Richeti Phisici, Bernardi de Lane Notarij, Bernardi Rubei Merca-
toris de sancto Tiberio, & mei Bernardi Belloni Notarij infrascripti. Postquam
anno quo supra videlicet duodecimo die Iunij, Petrus de Affriano prædictus, promisit & ad sancta Dei quatuor Euangelia in manibus dicti Domini Procuratoris
& Vicarij, iurauit & alij prænominati Consules creati & dati vt superius præmit-
titur, *quod ipse erit fidelis eidem Domino Abbati, & Monasterio prædicto,* & illorum
iura fideliter & legaliter exercebit, acta fuerunt hæc in dicta Curia, in præsentia
& testimonio, Arnaudi Capelli, Ioannis Aymundi Clerici, Magistri Ioannis
Fossati Notarii de sancto Tiberio, & mei Bernardi Belloni publici Villæ & Curiæ sancti Tiberij Notarij, qui requisitus de prædictis, instrumentum in nota re-
cepi, sed vice ipsius Ioannes Agrasse Clericus de sancto Tiberio, scripsit, & ego
Bernardus Belloni Notarius prædictus, hic me subscribo. B. Beloni.

Extrait d'articles de recepte tirez des comptes rendus par les Receueurs du
Domaine de Carcassone des années 1394. 95. 96. & 1397. & autres années
tant deuant qu'apres la saisie de la Seigneurie de saint Tibery, faite à la re-
queste des Consuls & Habitans du lieu en 1557. dans lesquels est comprise
l'Albergue de cinquante sols que l'Abbé fait au Roy en execution de la
transaction de 1273.

1394. 95. 96.
& 1397.
Vide la se-
conde prod.
de M.l'Abbé
cotte A.

Compotus nobilis & potentis viri domini Petri de Mornayo militis, domini de Feritate Naberti, Senescalli Carcassonæ & Biter. domini nostri

Franciæ Regis Cambellani, & prouidi viri Ioannis le Crieur Receptoris Regij
dictæ Senescalliæ, de receptis & expensis habitis, & factis, per eundem, in dicta
Senescallia, ratione & ex causa dictæ receptæ. Videlicet ab octauis Festi beati
Ioannis Baptistæ, anno 1394. vsque ad alias sequentes octauas, Natiuitatis eiusdem Festi beati Ioannis Baptistæ anno 1395. anno reuoluto, &c.

Detaliis Biteresij cum talia septemdecim librarum tur, quas faciunt homines de
Cotanicis, &c.

Ab Episcopo Agathensi pro vno Austurnone,   50. f. t.
Ab Abbate sancti Tiberij pro alio Austurnone,   50. f. t.
De Albergiis Biteresij quæ soluuntur, &c. in termino carniprenij.
De Nadaillano,   20. f. t.
Ab Abbate sancti Tiberij,   20. f. t.

Outre ces quatre comptes on en remet encore d'autres qui sont des années <small>a</small>Dans la der-
1406. *a* & 1508. 1551. 58. 65. 91. & 1603. qui iustifient que l'albergue a tousjours niere prod. de
esté payée soit deuant soit apres la saisie de ladite Seigneurie faite en 1557. M.l'Abbé, du

Pour iustifier que cette albergue s'est tousjours payée on remet encore les qui- <small>7Juillet 1667.</small>
tances depuis *b* 1350. iusques en 1422. vne contrainte *c* du Receueur du domaine <small>b</small> *Vide* dans
qui saisit en 1600. les rentes de l'Abbaye faute de payement de l'albergue. Qui- la seconde
tances de cette albergue pour les années 1616. iusques en 1626. 1651. 52. 53. & 1654. prod. de M.
Tous ces comptes de quitances font voir que l'albergue a tousjours esté payée l'Abbè, cotte
auant & apres la saisie de 1557.   A.
                                                                    <small>c</small> *Ibidem.*

---

*Extraict d'articles tiré d'vn hommage & dénombrement fait au Roy en 1429.
par l'Abbé de sainct Tibery, dans lequel il dénombre la seigneurie haute,
moyenne & basse, auec la petite leude du lieu.*

HOMMAGE.

ANno Dominicæ Incarnationis 1429. Serenissimo Principe Domino Caro- <small>1429.</small>
lo Dei gratia, &c. Nouerint vniuersi, quod veniens & existens, & persona- Vide dans la
liter constitutus, in consistorio commissionum & mandatorum Regiorum Ca- 2. prod.de M.
stri Regij, ciuitatis Carcassonæ, ante præsentiam venerabilis & circonspecti vi- l'Abbé, cotte
ri, Domini Petri de Vinione, licentiati in legibus, Iudicis criminum Senescalliæ A.
Carcassonæ, Domini nostri Regis, locum tenentis, nobilis & potentis viri,
Domini Raimundi Aimericy militis, Domini de Basilhaco Cambellani Domini nostri Franciæ Regis eiusque Senescalli Carcassonæ & Bitter. pro vt de dicta eius
locum tenentia constat, per litteras ipsius Domini Senescalli huius tenoris.

Videlicet. Venerabilis & circonspectus vir Dominus Raymundus Rubei, Doctor in legibus, & nomine Procuratorio, R. in Christo Patris & Domini, Domini Ioannis, miseratione diuina, Abbatis Monasterij sancti Tiberij, pro vtque
de dicta eius potestate, & procuratione, constare asseruit, &c. Quod dictus Ioannes, post mortem Domini B. Vltimi Abbatis, dicti Monasterij, Abbariam vac-
cantem ex Canonico titulo sibi Collato per sanctissimum Dominum nostrum Pa-
pam Martinum, & alias debite fuerat assequutus pro dicto loco de sancto Tiberio, qui tenetur, à dicto Domino nostro Rege, sub homagio, & fidelitatis iuramento, & pro alijs quæ à dicto Domino nostro Rege tenet ad causam dictæ Ab-
batialis Ecclesiæ, & alia dixit, notificauit, iuramentumque fidelitatis obtulit,
dicto Domino locum tenenti, &c.

Existens coram vobis venerabili & circonspecto viro Domino Petro de Vinione, &c. Venerabilis & circonspectus vir Dominus Raymundus Rubej, &c. Procurator & nomine Procuratorio R. in Christo Patris D. D. I. miseratione diuina,
Abbatis Monasterij sancti Tiberij. *Domini soli & in solidum dicti loci sancti Tiberij,*

& eius teritorij. In omnimoda Iurisdictione alta, & bassa, mero & mixto Impe-rio, &c. Iurauit namque dictus Raymundus Rubeus, nomine Procuratorio quo supra, in animam dicti Abbatis Magistri sui, *quod ab hac hora in antea vsque ad vltimum vitæ suæ erit bonus & fidelis Serenissimo Principi Domino Carolo Dei gra-tia Regi Francorum regnanti, & eius successoribus, &c.*

Quoquidem iuramento fidelitatis modo præmisso per Dominum Raymundum nomine quo supra præstito. Magister Bernardus Fabri &c. Admisit.

Dénombrement fait ensuitte de l'hommage precedent.

1429
vide la 2ᵈᵉ
de M Lubbe
Cotte A

ANno Dominicæ Incarnationis 1429. &c. Nouerint, &c. Quod veniens & existens, &c. In Burgo Carcassonæ. Ante præsentiam venerabilis & prouidi viri, Magistri Petri de Sancto Andrea, Baccalaurei in legibus, Procura-toris Regij Generalis Senescalliæ Carcassonæ, Comissarij in hac parte authori-tate Regia deputati, videlicet prouidus & discretus vir, Theobaldus Laure, de sancto Tiberio, Procurator & nomine Procuratorio R. in Christo Patris Domi-ni Ioannis miseratione diuina Abbatis Monasterij sancti Tiberij Diæcesis Aga-thensis Vicariæ Bitter. constante de dicta eius procuratione, &c. Anno Natiui-tatis Christi 1429. die vero 15. mensis Octobris, &c.

Qui quidem Theobaldus Laure Procurator prædictus eidem Domino Procu-ratori Regio Commissario prædicto nomine Regio, denominauit, notificauit iura feudalia, quæ dictus Dominus habet, & percipit ad causam suæ Abbatis Ec-clesiæ, in loco de sancto Tiberio, & eius Iurisdictione, &c.

Et primò habet Castrum, locum seu villam sancti Tiberij, cum Iurisdictione, alta, media & bassa, & mero, & mixto Imperio, & primò resorto eiusdem, & alijs iusticijs. In toto territorio & districtu, dicti loci, quem tenet in feudum, à Domino nostro Rege, pro quo facit Domino nostro Regi singulis annis, in quindena Natiuitatis Beati Ioannis Baptistæ; vnum austurem sanum formatum & acceptabilem siue quin-quaginta solidos ad Domini Abbatis electionem.

Item, pro fortalitio de Nataillano infra dictum territorium seu districtum san-cti Tiberij, & facit Domino nostro Regi, pro alberga 20. sol. tur.

Item, habet emolumenta Curiæ quæ communibus annis valent 16. liu. tur. non computatis expensis & stipendijs officiariorum.

Item, habet vsatica hordej Bladi, & Araonis circa ducenta sestaria quæ tamen hodie non leuantur propter sterilitatem aut raritatem gentium, sed circa centum sestaria.

Item, habet taschas bladorum quæ communer assendunt 50. sestaria ex qui-bus propter paupertatem & penuriam gentium pauca leuantur.

Item, habet vsatica siue quintalagia vindemiæ quæ solebant assendere, ad summam 20. modiorum vini, tamen hodie non leuantur nisi circa duo modia vini.

Item, habet taschas vindemiæ quæ communiter assendunt 4. modia vel circa.

Item, habet vsatica deueriorum in argento circa 40. solidos tur.

Item, percipit singulis annis in vsaticis 12. galinas.

Item, percipit in vsaticis olei annis singulis sex quartalia vel circa.

Item, percipit in vsaticis piperis singulis annis duas libras, vel circa.

Item, in vsaticis ceræ singulis annis duas libras vel circa.

Item, habet leudam in dicto loco & districtu de sancto Tiberio, & pedagium pontis in tribus festiuitatibus sancti Tiberij quæ assendunt communiter singulis annis sex libras vel circa.

Item, habet molendina, &c.

Item, habet eligere Consules in villa seu loco sancti Tiberij, ab ipsis iuramentum fidelitatis accipere.

Item, habet albergas super aliquibus hospitijs quæ leuantur die Carniprenij, quæ erant sexdecim numero vel circa nunc autem negantur pro majori parte.

Item, habet pratum, &c.

item,

Item, habet terras, &c.

Item, prædeceſſores dicti Domini Abbatis habere ſolebant aliquos vaſſallos qui tenebantur ad hommagia & iuramenta fidelitatis, quod autem hodie non fit ex eo quod non reperiuntur iſtrumenta & dicunt allodium ſe tenere.

Il y a d'autres hommages & dénombremens anterieurs & poſterieurs produits dans la ſeconde production de l'Abbé, cotte A. des années 1404. & 1522.

Arreſt du grand Conſeil, qui adjuge la barque de ſainct Tibery à l'Abbé, en qualité de Seigneur du lieu.

ENtre Maiſtre Iacques de Saint Felix, Abbé de l'Abbaye de ſainct Tibery, reprenant la cauſe au lieu de Maiſtre Guichard de Corneillan ſon predeceſſeur, Abbé de ladite Abbaye, appellant de l'execution de certaines Lettres patentes du ſecond iour de Septembre 1539. & ſaiſie faite ſur vne barque ou bacq, eſtant ſur la riuiere d'Herault audit lieu de ſainct Tibery, d'vne part, & le Procureur general du Roy intimé d'autre. VEV par le Conſeil les griefs dudit appellant: Procez verbal de Maiſtre Charles de Piereuiues Treſorier de France, Executeur deſdires Lettres patentes, la ſaiſie faite ſur ledit bacq dont eſt appellé: Sentence du Seneſchal de Carcaſſonne, ou ſon Lieutenant, du 8. Avril 1511. par laquelle certaine ſaiſie faite ſur ladite barque, fut declarée inique & tortionnaire: Arreſt de la Cour de Parlement de Toloſe, du 9. Iuillet 1536. par lequel la iouiſſance de ladite barque, reuenus & émolumens d'icelle, ſont adjugez audit Abbé de ſainct Tibery, par maniere de prouiſion, & au principal de la matiere, ledit Procureur general & Abbé de ſainct Tibery ſont appointez contraires: Procez verbal de Maiſtre Raimond de Merlanes Conſeiller en la Cour de Parlement de Toloſe, executeur dudit Arreſt: Autres Lettres patentes du 16. Ianvier 1545. par leſquelles ladite matiere eſt renuoyée audit Conſeil, pour donner auis: Arreſt dudit Conſeil du 10. Mars an ſuſdit 1545. Concluſions & conſentement dudit Procureur general, & tout ce que par leſdites parties a eſté mis & produit par deuers ledit Conſeil; Et tout conſideré. DIT A ESTE', que le Conſeil eſt d'auis que le Roy doit mettre ladite appellation au neant, & ordonner que main-leuée ſera faite audit appellant des fruits, profits, reuenus & émolumens de ladite barque, pour en iouir par luy par maniere de prouiſion pendant le procez d'entre leſdites parties, ſuiuant ledit Arreſt de ladite Cour de Parlement de Toloſe; & que ledit appellant ſera remis en l'eſtat qu'il eſtoit lors de ladite ſaiſie faite par ledit ſieur de Piereuiues; Et au ſurplus, que ledit Seigneur doit renuoyer le principal de ladite matiere en icelle Cour de Parlement de Toloſe, pour y eſtre procedé ſuiuant ledit Arreſt d'icelle Cour, & enjoindre audit Procureur general de ladite Cour d'en faire la pourſuite, & en auertir iceluy Seigneur dans ſix mois prochains venans, le preſent Arreſt a eſté mis au Greffe du Conſeil, Montreau Procureur general du Roy. Et prononcé à Pontoiſe le douzieſme iour de Fevrier mil cinq cens quarante-ſix. HERBIN ſigné.

marginal note: 1546. Vide la ſeconde prod. de M. l'Abbé, cotte A.

Sentence renduë par le Viguier de l'Abbé de ſaint Tibery, & la pourſuite des Conſuls du lieu.

AMalry du Mercier, Licentié és proicts, Viguier de toute la Temporalité de ſaint Tibery pour le Seigneur dudit lieu; & Iean Foiſſac auſſi és proicts Licentié, Iuge ordinaire dudit lieu pour ledit Seigneur. A tous ceux qui ces pre-

marginal note: 5. Iuin 1548. Vide dans la 2. prod. de M. l'Abbé, cotte A.

O

sentes Lettres atteftatoires paruiendront. Salut, fçauoir faifons, Certifions, at-
teftons, & en verité affirmons, certain procez eftre meu pendant eft défja pardeuant Nous, ou nous Lieutenant en noftre Cour ordinaire audit faint Tibery, en
matiere de preuention ; entre fages hommes Antoine Picon, Guillaume Balme-
uielhe & Mathieu Rouuiere Confuls dudit faint Tibery, ioint à eux le Procureur
jurifdictionel dudit Seigneur dudit lieu d'vne part ; & Guillaume Oliueras pri-
fonnier, preuenu & defendeur d'autre : lequel procez les parties oüyes & à plein
en ce qu'ont voulu dire & alleguer, & icelles clos en droict & en plein Confeil
raporté, fuiuant la deliberation d'iceluy le Samedy fecond iour du mois de Iuin
1648. auroit efté proferée Sentence comme s'enfuit. Veu le procez de preuention, confeffion & accaration faites, Nous Lieutenant fufdit euë fur ce déliberation de confeil, que pour reparation des cas & delicts par toy Guillaume Oliueras commis & perpetrez t'auons condamné & condamnons demander pardon
à Dieu audeuant de la cuftodie du Corpus diuin en l'Eglife paroiffiale du prefent
lieu de faint Tibery, genoulx à terre, tefte découuerte, tenant vn cierge à tes
mains d'vne liure de cire alumé, dire & prononcer par ta bouche, que follement,
temerairement, & indifcrettement, a blafphémé & iuré le Nom de Dieu, & que
t'en repans, & en crie à Dieu mercy & mifericorde ; & condamné & te condamnons en l'amende de cinquante fols tournois, la moitié à la Fabrique de ladite
Eglife, enfemble ledit cierge, & l'autre moitié audit Seigneur dudit faint Tibery,
& delà feras mené à la place plublique dudit lieu, au mefme lieu ou tu as dit lefdits
blafphémes & parolles outrageufes contre lefdits Confuls, à la prefence defquels
Confuls pieds nuds, tefte découuerte, genoulx à terre tenant ledit cierge alumé
en tes mains, & diras, prononceras par ta bouche, que follement & indifcrete-
ment, & contre verité, as dit que lefdits Confuls qui font & d'autres qui ont efté,
font des larrons & méchans, & que t'en repans, & en criras mercy à Dieu, & à
Monfieur de faint Tibery, & aufdits Confuls ; & t'eft fait inhibition & defenfe
de par cy-après n'vfer de tels & femblables blafphémes & outrages fur la peine du
foüet, & autres de droict ; & aufsi t'auons condamné & condamnons par teneur
de la prefente Sentence auec les frais de Iuftice. I. Aleoyne Lieutenant ; & pour
ce que ladite Sentence en rien n'aprofiteroit fi n'eftoit mife à deuë & entiere execution. Pour ce eft il qu'aduenu le lendemain qu'eftoit Dimanche treiziéme iour
dudit mois de Iuin, enuiron heure de Tierce de matin, mettant ladite Sentence
à execution ledit Guillaume Oliueras preuenu *feroit party des carces & prifons de
la maifon Abbatiale dudit Seigneur*, conduit & amené iufques à l'Eglife paroiffiale
de Noftre-Dame de Saluetat dudit lieu, & là demandé pardon à Dieu au deuant
la cuftodie du Corpus Dei, tenant vn cierge allumé aux mains, tefte découuerte
à genoulx à terre, a dit que follement & temerairement, & indifcrettement,
auoit blafphémé & iuré le nom de Dieu, & delà à la place publique & lieu mefme
ou auoit blafphémé & iuré le nom de Dieu, & outragé lefdits Confuls, lequel à
la prefence de fus nommez Confuls, auroit dit & prononcé de fa bouche que follement, indifcrettement, & contre verité, auoit dit que lefdits Confuls prefens
& du temps paffé, eftoient des larrons & méchans, comme plus à plein apert aux
actes & regiftres de noftredite Cour regiftrée. En foy & témoin de ce que deffus
nous auons fait faire écrire & figner nos prefentes Lettres atteftatoires par noftre
Notaire & Greffier fous-figné, & feellées du Seel de noftre Cour ordinaire
en cire pendant. Ce fecond iour du mois d'Avril l'an à la Natiuité de Noftre
Seigneur mil cinq cens quarante-neuf. ALEOYNE Lieutenant, de ce deffus,
après G. GRILLET Notaire, ainfi fignez.

Quatre Requeſtes preſentées par les Conſuls de S. Tibery à l'Abbé, en qualité de Seigneur du lieu.

A Monſieur Monſieur de S. Tibery, ou à voſtre Vicaire General, & à Meſſieurs du Chapitre du deuoſt Monaſtere de S. Tibery.

SVpplient humblement les Manans & Habitans du preſent lieu de S. Tibery; diſent, comme il ſoit ainſi, qu'aujourd'huy vingt-cinquiéme de May, ſoit de *Années* couſtume ancienne, tant par nous que par nos predeceſſeurs, vn tel iour vne cha- *1551. 1552.* cune année vous preſenter ſix Conſuls, eſtant par le Conſeil eſtroit dudit lieu, *53. & 1555.* deſquels ſix il y en a de trois eſchelles, ſont au pied de la preſente eſcrite men- *à Vide dans* tionnés, deſquels ſix, vous plaira d'en prendre trois, vn de chacune échelle ſiue *la ſeconde* rang, leſquels vous ſembleront plus capables & ſuffiſants, pour bien regir & gou- *prod. de M.* uerner *voſtre pauure lieu de ſaint Tibery,* & leurs donner ſerment tout ainſi qu'eſt de *l'Abbé, cotte* couſtume, & ferez bien. *A.*

Premier rang,	Second rang,	Tiers rang,
Anthoine Picon,	Sire Sirard Villefranque,	Sire Gean Gerlie,
& Pierre Geniéys,	Seigne Guilhem Vidal,	Seigne Iean Bouchart.

Extraiĉt de ſon propre original, par moy Guiſſot Notaire, ainſi ſigné auec paraphe.

2. Requerant à Vous, Reuerend Pere en Dieu, M. de S. Tibery & voſtre Cha-pitre; ſage homme Guichard Marianne, Anthoine Barille & Iean Creiſte, Conſols en l'annade paſſade, de voler conſentir à la Election des Conſols en l'annade preſente, loſcals furent Elegis la nuetch paſſade, per tout le Conſeil eſtrech, où la plus grande partide daquel & de los recebre, comm'es de bonne couſtume, & ſont eſtat Elegis quelque ſenſegon 1552.

Et premierement pour la premiere Election,

Anthoni Picon	Per la ſeconde Election,	Per la tierce Election;
Aymeric Torches,	Sirard Villefranque,	Guilhen Vidal,
	Iean Pot,	Iacques Morier.

Extraiĉt del liure de las Concluſions de la Maiſon Commune, par M. Catherine de Toledo, Greffier de ladite Maiſon, ſoubsſigné Toledo, ainſi ſigné Extraiĉt de ſon propre original, Guiſſot Notaire, ſigné.

3. Requeren Reuerend Payre hen Dieu, M. de S. Tiberij, ou voſtre Vicari, & als M. del Chapitré, qui vous plaiſe de conſentir à l'Election des Conſuls, louſquals ſon Elegis en la Maiſon Commune del preſent loc de S. Tiberj, lou 24. de May mil cinq cens cinquante & trois.

Premierement per la premiere Election ſon elegis,
Iean de Grand Puetch & ſen Meric Torches.

Per la ſeconde Election ſon elegis,
Sen Anthoni Amans & ſen Peyre Filhol.

Pér la tierce Election ſon elegis,
Sen Iacques Morié & ſen Iean Galot.

Eſcrit per me ſoubsſignat l'an & iour que deſſus, & ſem ſignat Iean Gout, Extraiĉt de ſon propre original, Guiſſot Notaire, ſigné.

A M. M. de S. Tibery, ou voſtre Vicaire general, & Meſſieurs du Chapitre du deuoſt Monaſtere de S. Tibery.

4. Supplient humblement les Manans & Habitans dudit lieu, diſent comme il ſoit ainſi, qu'aujourd'huy vingt-cinquieſme du mois de May, ſoit couſtume an-cienne, tant par nous que par nos predeceſſeurs, vn tel iour vne chacune année, vous preſenter ſix Conſuls, Eleu par le Conſeil eſtroit dudit lieu, deſquels ſix, en y a trois Elections ſiue rang, deux à chacune deſdites Elections, leſquels ſont au pied de la preſente ſont eſcrits, deſquels ſix, vous plaira d'en prendre trois, c'eſt de cha-cun deſdits rangs vn, deſquels vous en ſembleront plus capables & ſuffiſants, pour bien regir & gouuerner *voſtre pauure lieu de ſaint Tibery,* & leurs donner

iurement, en tel cas requis & accoustumé, & ferez bien.

Premier rang,	Second rang,	Tiers rang.
Guichard Mariane,	Pierre Filhol,	Iean Arriſſe,
Pierre Genieys,	Nicolas Bruel,	Iean Bouchard,

Conſuls eleus pour ladite année; Guichard Mariane, Pierre Filhol & Iean Ariſſe, comme appert aux actes ſur ce faites l'an 1555. & le 25. May, par moy Notaire y ſigné, Extraict de ſon propre original, par moy Guiſſot Notaire, ſigné.

Diſpoſitif de la ſentence rendue par Fabry, Commiſſaire du Conſeil, à la requeſte des Habitans de ſaint Tibery, portant ſaiſie de la Seigneurie du lieu, conformément à la demande qu'ils en auoient fait au Conſeil, deuant luy, & aux commiſſions du grand ſeeau, inſerées dans ſon procez verbal.

4. Mars. 1557.
Vide la ſeconde prod. de M. l'Abbé, cotte B, fol. 45. verſo.

A Vous dit & ordonné, diſons & ordonnons, que la ſuſdite ſomme de ſept cens liures pour le principal, & trente liures pour les legitimes couts, depoſez par les ſupplians, entre les mains dudit Auriac, ſeront payez & deliurez audit ſieur de ſaint Felix Abbé; Et par meſme ordonnance, *Auons ſaiſi & mis ſous la main du Roy, la Iuſtice haute, moyenne & baſſe, pontanage, & autres droicts ſeigneuriaux de ladite ville de ſaint Tibery, pour eſtre regis & gouuernez au nom dudit Seigneur; Et en ſigne DE MAIN MISE, Auons ordonné & ordonnons, que les armes & panonceaux dudit Seigneur, ſeront miſes & affichées ſur les portes principales des murailles de ladV ille, au Pilory & Pontanage, & autres que beſoin ſera, iuſques à ce que par ledit Seigneur en ſon Conſeil Priué y ſera pourueu autrement. Et au ſurplus, auons renuoyé & renuoyons les parties pardeuant ledit Seigneur & ſondit Conſeil Priué, au quinzieſme iour de Iuin prochain venant, LADITE SAISIE CEPENDANT TENANT, ſuiuant le vouloir & mandement dudit ſeigneur. Fabry, Lieutenant & Commiſſaire.* Ainſi ſigné.

Arreſt du Parlement de Toloſe qui adjuge la ſeigneurie de ſainct Tibery à l'Abbé dudit lieu.

1632.
Vide la 2. prod. de M. l'Abbé, cotte E.

LOVYS par la grace de Dieu, Roy de France & de Nauarre: Au premier de nos amez & feals Conſeillers en noſtre Cour de Parlement de Toloſe, ou autre noſtre Iuge ou Magiſtrat ſur ce requis, Salut. Comme pour raiſon du trouble & empeſchement qui eſtoit donné à noſtre cher couſin François de Boyer Abbé de l'Abbaye de ſainct Tibery, en la poſſeſſion & iouïſſance de la ſeigneurie, auec Iuſtice haute, moyenne, baſſe, & autres droicts en dependans appartenans à ladite Abbaye ſainct Tibery, par nos Officiers, preſupoſants ladite ſeigneurie nous appartenir; icelui de Boyer euſt preſenté Requeſte dés le mois de Ianvier 1627. en noſtredite Cour de Parlement de Toloſe, de la Commiſſion de feu noſtre amé & feal Conſeiller en noſtredite Cour, & Commiſſaire à ce deputé, Maiſtre Iean de Manſencal, à ce que inhibitions & deffences fuſſent faites au Receueur de noſtre Domaine de le troubler ny empeſcher en la poſſeſſion & iouïſſance de ladite ſeigneurie, & droits en dependans; & qu'à ces fins noſtre Procureur general fuſt aſſigné pour le voir maintenir en icelle auec tous droits de juſtice, & autres droits & deuoirs ſeigneuriaux en dependans: Et qu'en vertu d'icelle, ledit Boyer nous euſt fait aſſigner deuant ledit Commiſſaire pour deffendre à ladite demande, & que ſur ladite aſſignation noſtre Procureur general s'eſtant preſenté, euſt ſur la plaiderie de ladite Requeſte, inſiſté à la fin de non proceder, & droit par ordre à la fin de non receuoir, celle-cy fondée ſur la poſſeſſion immemorialle, & l'autre ſur ce que ledit de Boyer n'eſtoit point perſonne ne si priuilegiée qu'il eust ses causes commises de plain vol en nostre Cour de Parlement, & que la connoissance de cette affaire appartenoit directement aux Officiers du Bureau de nostredit Domaine, comme mieux instruits de nos droits. Et qu'au contraire, ledit de Boyer eust remonstré que par nos Ordonnnances de Bloys art. premier, il est permis aux Ecclesiastiques pour le recouurement de leurs droits vsurpez, se retirer directement & de plain vol és Cours Soueueraines, afin que suiuant nostre Edict de Nantes, les Ecclesiastiques par vne longue chicannerie de procez ne soient diuertis du Seruice diuin; & que mesme cette cause merite dautant plus d'estre traittée en nostredite Cour, que par l'Ordonnance de nostre deuancier Charles VI. de tres-heureuse memoire, nos affaires doiuent estre traittées en premiere instance en nos Cours de Parlements. NOSTREDITE COVR par son Arrest du dix-neufiesme du mois de Feurier audit an 1627. auroit ordonné que nostredit Procureur general deffendroit, à suitte dequoy ledit de Boyer pour faire voir la justice de sa cause, pour estre maintenu diffinitiuement en ladite seigneurie, ayant produit vne transaction de l'an 1273. faite entre Iean de Cultura Seneschal de Carcassonne & Beziers, comme Procureur constitué par le Roy, & Bermond Abbé dudit sainct Tibery, & les Religieux de ladite Abbaye, par laquelle le Chasteau & Ville dudit sainct Tibery, auec la justice haute, moyenne & basse, mere & mixte impere, est baillée audit Abbé sous l'hommage d'vn Autour ou cinquante sols, & encore fait production d'vn extraict de Lettres patentes de la mesme année, du Roy Philippes le Bel, portant ratification de la susdite transaction. De plus eust produit vn extraict d'hommage de l'année 1444. rendu par Anthoine Abbé dudit sainct Tibery au Roy, de la justice haute, moyenne & basse, mere & mixte dudit lieu, sous la susdite & mesme redeuance d'vn Autour ou cinquante sols, auec quinze quittances desdits cinquante sols, au lieu de l'Autour contenu dans la susdite transaction & hommage, & mesmes eust fait voir la contrainte de nostre Receueur de l'an 1600. pour exiger dudit Abbé lesdits cinquante sols de redeuance de dix années precedentes; & enfin deuant le Commissaire eust inuentorié diuerses quittances, & depuis l'an 1615. iusques à vingt-cinq dudit droit de redeuance de cinquante sols; & au moyen desdits actes, eust creu non seulement iustifier comme ladite seigneurie de sainct Tibery, auec toute sorte de justice, luy appartenoit; mais encore il s'estoit maintenu en possession & iouyssance d'icelle. Au contraire, nostre Procureur general eust soustenu que depuis tel temps qu'il n'est memoire du contraire, nous iouyssons ladite seigneurie: Et en signe & témoignage de ce, nous auons tousiours vn Viguier audit lieu, & autres Officiers, exerçans la justice à nostre profit, & au veu & sceu desdits Abbez, lesquels n'ont iamais contredit ladite iouyssance, que si bien en l'année 1601. quelqu'vn de nos Fermiers fist vn exploict de saisie sur le fonds dudit Abbé, pour les arrerages dudit droict d'hommage. Il se voit clairement par iceluy comme mesme ledit Boyer pour lors Vicaire general en ladite Abbaye, reconnoissant de bonne foy, repart dans ledit exploict ledit Abbé n'estre tenu au payement dudit droit, pour n'estre en la possession de la susdite seigneurie: Et quant aux quittances produites dudit droit d'hommage depuis 1615. iusques à 1626. par ledit Abbé, pour preuuer sa possession & iouyssance, nostredit Procureur general eust remonstré comme s'estoit d'actes captez & faits à la suasion dudit Abbé, premeditant desia l'instance qu'il auoit incontinent'intentée; Et que d'ailleurs quand bien la susdite transaction & autres actes dudit Abbé seroient bons & vallables; neantmoins au préjudice d'iceux, nous ayons demeuré dans la possession de ladite seigneurie, concluoit que c'estoit hors de doute que nous par ladite longue iouyssance deuions estre maintenus en ladite seigneurie, surquoy autre Arrest estant interuenu le 8. iour du mois de Mars 1627. par lequel nostredite Cour auant faire droit sur la Requeste dudit Abbé, auroit ordonné, que les parties seroient plus amplement ouyes dans quinzaine, pour leur estre fait droit ainsi qu'il appartiendroit, demeurant nous possesseurs des droits dont estoit question, ledit Boyer pour auoir le iugement diffinitif de cette instance, auroit pris appointement en droict auec nostredit Procureur ge-

P

neral, & de nouueau employant les fufdits actes pour iuſtifier ſa poſſeſſion & iouïſſance, auroit de plus fait production d'vn homage de l'an mil cinq cens quatre rendu par Iean de Podio lors Abbé dudit ſainct Tibery, au Roy Louïs, entre les mains de Iean de Leuy noſtre Seneſchal de Carcaſſonne & Beziers, de la iuſtice haute, moyenne & baſſe, ſous la meſme redeuance d'vn Autour, dans lequel meſme acte ſont incerez les patentes du Roy Philippes le Bel, ratifiant la ſufdite tranſaction. De plus auroit ledit de Boyer produit autre dénombrement de l'année 1522. fait par de Corneilhan lors Abbé, de la ſufdite meſme iuſtice, ou par exprés ledit Abbé declare qu'il a accouſtumé en ſigne de la poſſeſſion de ladite iuſtice de créer audit lieu le Viguier, le Iuge, Procureur, Sergent, & autres Officiers, & qu'il iouïſt ledit droit depuis 400. ans, & qu'il tient & poſſede ſur le fleuue de Heraut, pour cauſe de ladite Iuriſdiction haute, moyenne & baſſe, vne barque pour paſſer les gens. Et en outre auroit fait voir vn acte de l'an 1534. de conceſſion & licence donnée par ledit Abbé de ſainct Tibery auec ſes Religieux aux Conſuls, ſur la Requeſte par eux audit Abbé ſur ce preſentée, de pouuoir porter chaperon & liurée Conſulaire, auec vn valet portant robe my-partie, ſous la condition de ne pretendre aucune ſorte de Iuriſdiction en conſequence de cette conceſſion & licence. Et enfin ledit Abbé auroit fait production d'vn acte d'afferme de l'année 1557. par lequel l'Abbé dudit ſainct Tibery ayant affermé les biens de ladite Abbaye, ſe reſerue par exprés toute la Iuriſdiction & ſpirituelle & temporelle, & la creation des Officiers, & le payement de leurs penſions & de leurs gages; Au moyen dequoy concluoit que noſtredite Cour le deuoit maintenir diffinitiuement en la poſſeſſion & iouïſſance de ladite ſeigneurie, auec toute ſorte de iuſtice, droicts, priuileges & honneurs en dépendants. A quoy par noſtredit Procureur general ayant eſté repliqué que noſtre poſſeſſion & iouïſſance ja déduite ne pouuoit eſtre eſbranlée par les ſufdits actes, comme exercez par la longue poſſeſſiõ qui équiuaut à vn des meilleurs titres qui ſçauroient eſtre employés. Et que à cauſe du malheur du temps preſent en noſtre Prouince de Languedoc, couuerte de gens de guerre rebelles à noſtre ſeruice, il ne pouuoit auoir aucun tiltre pour iuſtification de noſtre droit, auroit requis noſtredit Cour luy vouloir donner delay competant pour faire ſa production, eſtablir le droit de noſtre iuſtice; & au contraire, ledit Abbé euſt fait voir que noſtredit Procureur general auoit bien eu prou de delay à inſtruire cette inſtance depuis l'année 1627. & que c'eſtoit que pour éluder le bon droit qu'il pouuoit auoir en cette inſtance, ſurquoy ſeroit interuenu Arreſt entre Meſſire François de Boyer Abbé ce ſainct Tibery, ſuppliant & demandeur aux fins de ſa Requeſte du 26. iour du mois de Ianvier 1627. & autrement demandeur d'vne-part, & noſtre Procureur general deffendeur d'autre. NOSTREDITE COVR, veu le procez plaidé, contenant appointement en droit du 28. Iuin dernier: Arreſt de noſtredite Cour du 8. iour du mois de Mars 1627. Tranſaction de l'an 1273, & Lettres patentes du Roy du mois de Decembre de la meſme année: Dires par écrit, & autres productions deſdits de Boyer & Procureur general: Par ſon Arreſt prononcé le 18. iour d'Aouſt 1632. donné auec meure & grande déliberation; Diſant droict ſur ladite Requeſte, & autres fins & concluſions des parties; A maintenu & gardé, maintient & garde diffinitiuement ledit de Boyer, & la Seigneurie & iuſtice haute, moyenne & baſſe, mére, mixte, impere du lieu de ſainct Tibery, & tous autres droits en dépendants, ſous l'hommage & preſtation portée par ladite tranſaction de l'an 1273. & reſeruations y contenuës; faiſant inhibitions & deffences à noſtredit Procureur general Receueur du Domaine, & tous autres, de troubler ny empeſcher ledit Boyer en la poſſeſſion & iouïſſance de ladite ſeigneurie, & droits en dépendants, ſans deſpens, & pour cauſe. Povr ce-eſt-il, que Nous à la requeſte & ſupplication dudit Meſſire François de Boyer Abbé de ſainct Tibery. Vous mandons, &c. Donne à Toloſe en noſtredit Parlement le 18. iour du mois de Septembre, l'an de grace 1632. Et de noſtre regne le 23. par Arreſt de la Cour. Mayneüil. M. G. de Maſnau Rapporteur. 50. eſcus par Boyer, & 1. eſcu pro Clericis, Scellé le 18. Septembre mil ſix cens trente-deux.